草 枕

[日] 夏目漱石 著
林少华 译

青岛出版集团 | 青岛出版社

图书在版编目（CIP）数据

草枕 /（日）夏目漱石著；林少华译 . — 青岛：青岛出版社，2022.3
ISBN 978-7-5552-9882-3

Ⅰ. ①草… Ⅱ. ①夏… ②林… Ⅲ. ①长篇小说—日本—现代 Ⅳ. ① I313.45

中国版本图书馆 CIP 数据核字（2021）第 249026 号

书　　名	CAOZHEN 草枕	
著　　者	［日］夏目漱石	
译　　者	林少华	
出版发行	青岛出版社	
社　　址	青岛市崂山区海尔路 182 号（266061）	
本社网址	http://www.qdpub.com	
邮购电话	0532-68068091	
策　　划	刘　咏　杨成舜	
责任编辑	王　伟	
特约编辑	王婧娟	
封面设计	今亮后声	
照　　排	青岛新华出版照排有限公司	
印　　刷	青岛双星华信印刷有限公司	
出版日期	2022 年 3 月第 1 版　2022 年 3 月第 1 次印刷	
开　　本	32 开（889 mm × 1194 mm）	
印　　张	6.75	
字　　数	130 千	
印　　数	1—5000	
书　　号	ISBN 978-7-5552-9882-3	
定　　价	39.00 元	

编校印装质量、盗版监督服务电话　4006532017　0532-68068050
上架建议：日本文学经典・畅销

译序

夏目漱石：
"非人情"与"东洋趣味"、中国趣味

林少华

"草枕",汉语查无此语,日语意为"旅途、旅程、行旅"。倒退一百多年,出游绝无飞机、高铁之利,亦无自驾游之说,难免餐风宿露,席地枕草——以草为枕,"草枕",良有以也。是以书名照抄"草枕",未予翻译。

一八六七年出生的夏目漱石于一九〇四年三十八岁时正式开始文学创作,翌年发表《我是猫》,一举成名,呼啸列岛。其丰沛的才华、深厚的学养、犀利的笔触、超然的姿态,从此惊动文坛,众皆仰慕。顺时应人,转年四月《哥儿》问世,九月《草枕》付梓。据漱石之子夏目伸六回忆,十万言(日文)的《草枕》仅用十天便一挥而就,且值盛夏之时。同样十万言的《哥儿》(坊っ

ちゃん）亦不出十天即告杀青，且同时为杂志连载而赶写《我是猫》（わが輩は猫である）。"文思泉涌、笔底生风"之语用于此时的漱石全然不是溢美之词。另一方面，因"写上课讲义比死还令人讨厌"——其时漱石在东京帝国大学（现东京大学）讲授英国文学，遂于翌年一九〇七年索性辞去东大等校所有教职，加盟朝日新闻社，任其专属作家。随即写了《虞美人草》在《朝日新闻》连载。而后几乎每年连载一部长篇，《三四郎》《从此以后》《门》《彼岸过迄》《行人》《心》《道草》《明暗》，一部接一部鱼贯而出。岂料天不假年，一九一六年漱石虚龄五十岁时不幸与世长辞，《明暗》遂成绝笔未竟之作。

漱石创作生涯仅仅十年有二，而其长篇即达十三部之多，被尊为东瀛文坛百年独步的"大文豪"和"国民大作家"。纵使素不待见日本作家的村上春树，对夏目漱石也推崇有加，断言若从日本近现代作家中投票选出十位"国民作家"，夏目漱石必定"位居其首"，盖因漱石文体乃日本近代文学史上无可撼动的"主轴"——"每个句子都自掏腰包"。文艺评论家江藤淳则认为，较之与漱石同时代的正冈子规、尾崎红叶、幸田露伴等作家，漱石是唯一"活"到今天的"国民作家"。究其原因，一是漱石文学深深植根于日本的"过去"，即日本文学、日本文化传统的土壤，而不是像其同时代作家那样力图与之一刀两断；二是漱石乃第一位洞察现代文明的"阴翳"或其弊端的作家，因而穿越了现代文明而直抵其"另一侧"。（参阅新潮文库平成十六年版《草枕》附录《漱石的文学》）概而言之：其一，本土性、传统性；其二，超越性、前瞻性。不过村上强调和欣赏的，更是漱石独具一格的文体。村上语境中的"文体",主要指语言风格(style)。自不待言,文体还有另一含义:文章的体裁。下面请让我就这两个含义约略分析一下《草枕》的特色。

先看体裁,体裁含义的文体。作为体裁,《草枕》固然应归为小说类,但并非通常的小说。漫说同当时日本文坛的主流作家相比,即使在漱石自己的十几种小说中,《草枕》也是"另类"。按漱石本人的说法,乃"开天辟地以来无与类比"的小说。有人称之为"俳句式小说",有人谓之为"纪行文式小说",漱石则以"写生文"小说自辩。依我浅见,不妨视为散文体小说——非以故事情节取胜,而以韵味、以意境、以机锋与文辞见长。虽然作为小说作品也有那美这一漂亮的女主人公,但她只是作者表现"非人情"意境的一个符号,而未被赋予推动情节发展的功能,或者莫如说女主人公一开始就被作者从这一功能中解放出来。在这点上,的确有别于通常意义上的小说。漱石之子夏目伸六曾这样评价乃父这部大作:"毫无疑问,尽管作品颇有'掉书袋'之感,但也因而与《我是猫》《哥儿》并列为家父前期代表作。不言而喻,即使从其独出机杼、天马行空的形式与内容来看,也确乎是明治时期不朽的特色名作。"(夏目伸六《父·夏目漱石》)

再看语言风格,语言风格意义上的文体,文体之美。夏目漱石自小喜欢汉籍(中国古典文学),曾在二松学舍专门学习汉籍,汉学造诣非同一般,尤其欣赏陶渊明。他自己也喜欢写汉诗(五言古诗、七绝、七律等),十五岁即出手不凡,《草枕》中的主人公"我"写的汉诗均为二三十岁时的漱石本人之作。他临终时写的仍是七律。据日本学者统计,现存漱石汉诗计有二〇八首。创作最后一部长篇期间,上午写大约一日连载分量的《明暗》,下午写七言律诗一首,几乎成了"日课"(每日的功课)。(参阅饭田利行《漱石诗集译》)散文方面,漱石对唐宋八大家情有独钟,坦率地承认其文学功力得自唐宋八大家,因而文体有"汉文调",简约、工致、雄浑,讲究韵律和布局之美,读之如万马注坡,势不可当,又如窗外落晖,满目辉煌。这在《我是猫》中表现得酣畅淋漓。《草枕》亦不相让,开篇即拔地而起:"一面在山路攀登,一面这样想道:役于理则头生棱角,溺于情则随波逐流,执于意则四面受敌,总之人世难以栖居。"继之而来的一段可谓异彩纷呈而又井然有序,深得"汉文"之妙:

> 从难以栖居之世剥离难以栖居的烦恼,将难得可贵的世界呈现在眼前的,是诗,是画,或是音乐与雕刻。进一步说来,不呈现也无妨,只要逼近视之,自有诗栩栩如生,自有歌汩汩喷涌。纵然构思不落于纸,也有璆锵之音起于胸间。即使不面对画架涂抹丹青,斑斓五彩也自会映于心眼。只要能如此静观自己所居之世,只要将浇季混浊的俗界至清至美地收入灵台方寸的镜头,此即足矣。因而,在能够如此观察人世这点上,在如此摆脱烦恼这点上,在能够得以如此出入清静界这点上,在能够建立不同不二之乾坤这点上,在扫荡私利私欲之羁绊这点上,无声的诗人纵无一句,无色的画家纵无尺绢,也比千金之子,也比万乘之君,也比俗界所有宠儿都要幸福。

文艺评论家柄谷行人在新潮文库版《草枕》文末所附《关于〈草枕〉》中列举的两段,虽写浴池女子,文体也抑扬顿挫,与之相映生辉:

> 而且,这一形象并未像普通裸体那样赤裸裸闯到我的眼前,而只是将其若隐若现地置于虚无缥缈的神秘氛围中,使得赫然入目的美变得古朴优雅、扑朔迷离,好比将片鳞只爪点缀于淋漓酣畅的泼墨之间,将虬龙妖怪想象于笔锋之外,从而具备了以艺术角度观之无可挑剔的气韵、温馨与冥邈的氛围……
>
> 轮廓逐渐白莹莹浮现出来。只要向前踏出一步,终于逃离的嫦娥即可堕于俗界——就在我这么想的刹那间,绿发如劈波斩浪的灵龟尾巴一般卷起阵风,纷然披散开来。团团旋转的烟雾随之裂开,雪白的身影跳上台阶。"呵呵呵呵",女子尖锐的笑声在走廊四下回响,将安静的浴场渐渐抛去身后……

不过,柄谷行人似乎把这样的行文风格归因于《楚辞》:"这是那美那个女子现身于画家所在的浴池而又消失的情景。首先令人惊异的,是拒绝提示任何明确视像之语汇(汉语)的纵横捭阖。漱石在写《草枕》之前重读《楚辞》这一事实,使得这部小说彻头彻尾是由'语言'编织成的。"这意味着《草枕》的文体既有唐宋名家散文的简约和铿锵有力,又有屈宋楚辞的富丽与一唱三叹。换言之,在夏目漱石看来,文学——小说也好,诗歌也罢——首先是语言艺术、文体艺术。语言不仅仅是所思所感的载体，在某些情况下，语言本身即是思，即是感，即是美。实际上《草枕》也以"美文调"为其明显特色：语言之美、修辞之美、文体之美。

当然，文体之美本身不是目的。文以载道，"道"在这里就是漱石的艺术观、自然观以至文明观，其关键词是"非人情"。

"非人情"是漱石首创之语，始于《草枕》。何为"非人情"呢？漱石自己解释如下："写生文作家对于人的同情不是与所叙述之人一起郁郁寡欢、哭天号地、捶胸顿足、狼狈逃窜那个层面的同情，而是在旁人为之不胜怜悯的背面含带微笑的同情。并非冷酷，而仅仅是不和世人一起哀号罢了。因而，写生文作家所描写的大多不是令人痛不欲生的场景。不，因为无论描述多么令人痛不欲生的事态也以这一态度贯彻始终，所以初看之下总有意犹未尽之感。不仅如此，唯其以这一态度对待世间人情交往，故而在一般情况下都化为隐含滑稽因子的语句而表现在文章上面。"（夏目漱石《写生文》）

事实上，《草枕》也是这样处理的，例如对离开银行破产的丈夫返回娘家的那美遭受的种种非议，对即将被送上日俄战争的战场而几无生还希望的年轻男子的内心痛楚，作者几乎完全没有设身处地的情感投入，而以超然的态度一笔带过。唯一例外的是男主人公"我"的理发店遭遇："当他挥舞剃刀的时候，全然不解文明法则为何物。触及脸颊时啪啪作响，剃到鬓角时则动脉怦怦有声。利刃在下巴一带闪烁之际仿佛践踏霜柱咔哧咔哧发出诡异的动静。而本人却以日本第一高手自居。"绘声绘色，力透纸背。看来，哪怕再"非人情"，而一旦危及自身，恐怕也还是超然不起来的。

不过，超然也好，不超然也好，漱石的"非人情"主要不表现在人际关系即"人情"的处理上面。相比之下，"非人情"指的更是一种审美境界，一种美的追求——只有超然物外，超然于世俗人情之外，美的境界方能达成。反言之，美的追求和审美修养可以使人从人情羁绊、从物质享受的痴迷中解脱出来。

显而易见，漱石的"非人情"审美境界的核心是"东洋趣味"。而"东洋趣味"每每意味着中国趣味、中国古文人审美情趣。漱石认为西方诗歌的根本在于叙说人事、人世之情。因而，无论其诗意多么充沛，也时刻忘不了数点银两，也时刻匍匐于地站不起来。"令人欣喜的是东洋诗歌从中解脱了。'采菊东篱下，悠然见南山。'此情此景，说明在那一时刻全然忘记这热不可耐的尘世。既非因为院墙那边有邻家姑娘窥看，又不是由于南山有亲友当官。超然出世，心情上得以远离利害得失的万般辛劳。'独坐幽篁里，弹琴复长啸。深林人不知，明月来相照。'寥寥二十字别立乾坤……但愿能从大自然中直接汲取渊明、王维的诗境，暂且——纵使片刻——逍遥于'非人情'天地。"与此同时，漱石还通过画家"我"这一男主人公将日本、中国、西洋（和、汉、洋）在审美趣味上的差异加以比较："大凡中国器物无不异乎寻常。无论如何都只能认为是古朴而有耐性之人发明的。注视之间，那恍惚忘我之处令人敬畏。日本则以投机取巧的态度制作美术品。西洋呢，大而精细，却怎么也去不掉庸俗气。"

此外，目睹美女，"我"想到的是"春宵一刻值千金"；坐于草地，想到的是"滋兰九畹、树蕙百畦"；泡温泉，想到的是"温泉水滑洗凝脂"。继而表示:"每次听得温泉一词,心情必像此句表现的那般愉快,同时思忖:不能让人产生这种心情的温泉,作为温泉毫无价值可言。"还有,夜晚在寺院漫步,记起的是宋代诗人晁补之的《新城游北山记》:"于时九月,天高露清,山空月明,仰视星斗皆光大,如适在人上……"

小说主人公是会写诗的画家,自然免不了提及绘画艺术。而这方面也不难看出漱石对"东洋趣味"的由衷推崇和对西方艺术的不以为然。试举一例:"古希腊雕刻倒也罢了,每当看见当今法国画家视为生命的裸体画的时候,由于力图将赤裸裸的肉体之美画得穷形尽相的痕迹触目皆是,以致总觉得有些缺乏气韵——这种心情迄今一直弄得我苦不堪言。"作者随即斥之为"下品"。那么何为上品呢?这就涉及漱石所说的作画三层次:第一层次,即物;第二层次,物我并存;第三层次,唯我心境,或物外神韵。第三层次即"上品",漱石为此举出两例,首先是中国宋代画家文与可(1018—1079)的竹,其次是日本中世画家云谷等颜(1547—1618)的山水。"至于西洋画家,大多注目于具象世界,而不为神往气韵所倾心。以此种笔墨传达物外神韵者,不知果有几人。"此亦"非人情"之谓:"非人情"审美境界,"非人情"艺术观,"非人情"自然观以至人生观。与西方的注重人事迥异其趣。

当然,"非人情"也不是完全不讲人情,不讲人事。且看《草枕》结尾:"流浪武士的脸很快消失不见。那美茫然目送火车。奇异的是,茫然之中居然有迄未见过的'哀怜'(あわれ)在整个面部浮现出来。就是它!正是它!它一出来就成画了!"亦即,那美之所以未能完全成为主人公笔下的绘画对象，原因不外乎那美缺少"哀怜"表情。而美的最高层次是"哀怜"，是"恕"，是"善"。恕我武断，较之"真"（唯一的"真"是理发店遭遇），《草枕》诉求的更是"美"，最终指向"善"——"哀怜"。那就是美，那美，此之谓乎？而这无疑是对日本文化"物哀"（もののあわれ）以至儒家忠恕之道的顾盼与归依。

尤其难得的是，如此扬东抑西的漱石从英国留学回来还不到四年时间。不妨认为，两年伦敦留学生活不仅没有让他对英国，对西方文学、西方文化以至西方文明一见倾心，反而促使他自觉与之保持距离，进而采取审视、怀疑和批判的态度。也正因如此，他才对明治维新后的日本政府奉行的以"文明开化"为口号的全盘西化怀有戒心和危机感。而作为抗衡策略，他开始"回归东洋"，重新确认东洋审美传统及其诗性价值，以寻求日本人之所以为日本人的文化自证（identity）。这在其首部长篇《我是猫》中始见锋芒，《草枕》全线进击，《虞美人草》在文体上承其余波。

我想，日本民族的一个值得庆幸之处，恰恰在于在明治维新后全盘西化的大潮中有夏目漱石这样的"海归"知识分子寻求和固守日本民族传统和文化自证，在二战后伴随着美国驻军汹涌而来的美国文化面前，有川端康成这样清醒的文人不遗余力地描绘和诉求"日本美"，而最终获得国际性认同，获得诺贝尔文学奖。与此同时，有铃木大拙这样面对西方强势文化而终生以宣扬禅学和日本文化为己任的学者和思想家，并且获得了西方广泛的兴趣和认可（顺便说一句，夏目漱石在禅学上颇有造诣）。这或许也是《草枕》这部小说留给我们的思考和启示。

最后说两句翻译。翻译匠,老翻译匠,没办法不老生常谈。

二〇二〇年,抗疫的一年,特殊的一年。但就我个人状态来说,倒也谈不上多么特殊。大体照样在书房里看看写写。看的最多的是杂书,写的最多的是讲稿,上半年为线上讲座写讲稿,下半年为线下讲座写讲稿。相对轻闲些的是暑期在乡下。十里清风,一川明月,鸟啼树端,蛙鸣水畔,花草拥径,瓜果满园,依依垂柳,袅袅炊烟。虽非以草为枕,但终日与草相伴,"绿满窗前草不除"。于是我看了亨利·戴维·梭罗的《瓦尔登湖》,想起了夏目漱石的《草枕》。二者都是热爱自然并借助自然思考艺术与人生的杰作。翻阅《草枕》之间,倏然心生一念:翻阅莫如翻译。于是遥望南天,欣然命笔。

据我所知,《草枕》起码有四个译本,出自四位译者之手:丰子恺(译为《旅宿》)、崔万秋、李君猛和陈德文。就译文特色而言,说极端些,可谓四种《草枕》,四个夏目漱石。即使最容易趋同的开头,也有不小的差异:

△丰子恺译:一面登山,一面这样想:依理而行,则棱角突兀;任情而动,则放浪不羁;意气从事,则到处碰壁。总之,人的世界是难处的。

△崔万秋译:我一边在山中的小路上行走,一边这样想:用巧智必树敌,用情深必被情所淹,意气用事必陷入绝境。总之,在人世间不容易生存。

△李君猛译:一面登着山路,一面如斯想:过重理智,

则碰钉子,过重情感,则易同流合污,过重意志,则不舒畅,人世难住。

△陈德文译:一边在山路攀登,一边这样思忖:发挥才智,则锋芒毕露;凭借感情,则流于世俗;坚持己见,则多方掣肘。总之,人世难居。

△拙译:一面在山路攀登,一面这样想道:役于理则头生棱角,溺于情则随波逐流,执于意则四面受敌,总之人世难以栖居。

以上五种译文,粗看相互仿佛,细看则各具面目。以形式感、节奏感观之,丰译居首,陈译次之。是的,五译五种,五人五面。不过这也正是文学翻译的有趣好玩之处,也是我不揣浅薄斗胆重译的理由。乡下初译大半,青岛终于杀青,大理一校二校。至于译文工拙,不敢自夸,亦不敢自虐,唯望读者诸君,察之谅之。

其实,较之译校,撰写这篇译序更费周章。所幸旅居大理这易居之地,苍山召我以烟景,洱海假我以文章。况终日晴空丽日,明月清风,冬樱娇艳,玉兰飘香,白墙青瓦,山溪玲玎,吟咏其下,徜徉其间,借用《草枕》漱石诗句:"逍遥随物化,悠然对芬菲。"大理古城,"山水客栈",幸甚至哉,记以谢之,兼以为序。

二〇二〇年十二月三十日灯下
时大理月出东山天地皎然

目 录

译序
夏目漱石:"非人情"与"东洋趣味"、中国趣味　01

一　001

二　015

三　029

四　043

五　059

六　073

七　087

八	097
九	111
十	123
十一	135
十二	149
十三	165

附录　夏目漱石年谱　175

一面在山路攀登，一面这样想道：

役于理则头生棱角，溺于情则随波逐流，执于意则四面受敌，总之人世难以栖居。

栖居越来越难，遂想迁往宜居之地。而当悟得迁去哪里都难以栖身之时，就产生了诗，就出现了画。

创造人世的既不是神，又不是鬼，终究是对面三轩两邻晃来晃去的普通人。而普通人创造的人世难以栖居，便不可能有可迁之国，有也只能是非人之邦，而非人之邦想必比人世更加难以栖居。

既然无以迁徙的人世难以栖居，就必须把这难以栖居之所多少变得宽松些，使得须臾之命多少住得舒服些——纵使须臾之间，于此产生诗人这一天职，于此天降画家这一使命。所有艺术人士，唯其使人世变得恬适、使人心变得丰富而可钦可敬。

从难以栖居之世剥离难以栖居的烦恼，将难得可贵的世界呈现在眼前的，是诗，是画，或是音乐与雕刻。进一步说来，不呈现也无妨，只要逼近视之，自有诗栩栩如生，自有歌汩汩喷涌。纵然构思不落于纸，也有璆锵之音①起于胸间。即使不面对画架涂抹丹青，斑斓五彩也自会映于心眼。只要能如此静观自己所居之世，只要将浇季混浊②的俗界至清至美地收入灵台方寸的镜头，此即足矣。因而，在能够如此观察人世这点上，在如此摆脱烦恼这点上，在能够得以如此出入清静界这点上，在能够建立不同不二之乾坤这点上，在扫荡私利私欲之羁绊这点上，无声的诗人纵无一句，无色的画家纵无尺绢，也比千金之子，也比万乘之君，也比俗界所有宠儿都要幸福。

栖居此世二十年之时，始知此乃值得栖居之世。二十五年之际，得悟明暗一如里表，凡有日光照射之处必有阴影投下。及至三十年之今日，开始这样想道：欢愉深切之时忧虑愈深，快乐愈大则痛苦愈大。而若舍之弃之，则此身不保。如若一一清算，则此生休矣。钱固然重要，而若重要的东西越来越多，想必难以安眠；恋爱固然高兴，而若高兴的恋爱纷至沓来，也许怀念不恋爱的往昔。阁僚之肩支撑数百万人的腿脚，脊梁承担天下重任。美食吃不得令人惋惜，吃一点点意犹未尽，大吃大嚼则余味不快……

余之所思漂流至此之时，余之右脚突然踩在一块不安稳的方石边角，为保持平衡而一下子往前踢出左脚，结果摔倒得以避免，而屁股不偏不倚落在大约三尺见方的岩石上，肩上挎的画具箱从腋下一蹿而出，所幸完好无损。

---

① 璆锵之音：形容玉磬所奏之音的美妙。
② 浇季混浊：人情浇薄，道德沦丧，污秽不堪。

爬起身来往前方一看，路的左边耸立着如倒扣铁桶般的山峰，从山脚到山顶无不郁郁葱葱——看不清是杉树还是丝柏，山樱迤逦曳出淡粉色的彩纹，其接缝处抹下一抹迷离的雾霭。距其不远有一座秃山傲视群雄，直逼眉前。秃的一侧仿佛被巨人之斧一挥削去，陡峭的平面直探谷底。天边孑然独立者谅是一棵红松，甚至连树枝间的空隙也清晰可见。前行还有大约二百米的路，见得有红毛巾①从高处往下移动，预料只要爬上去即可到达那里。路相当难行。

平整一下应该不至于多么费事，可是土里有大块石头。土可以弄平，石却平不了。石可以击碎，岩却奈何不得。它们悠然蹲在土上不动，无意为我等让路。既然对方不听话，我等就只有绕开。就连没有岩石的地方也不易行走。左右凸出，中间凹下，就像把五六尺宽的路面刳成三角形，其尖端从正中间穿过——较之行路，莫如说蹚河底。好在不急于赶路，只管悠悠然七拐八拐。

脚下忽然响起云雀声。俯视山谷，形影皆无，不知在哪里鸣叫，唯独鸣声真切入耳，一声接一声，不屈不挠，让人心慌意乱，就好像方圆几里的空气全都被跳蚤咬了似的。那鸟的叫声片刻不停，仿佛非把悠闲的春日彻底叫尽，叫得晨昏颠倒不可。而且不断飞升、飞升，云雀必在云中死掉无疑。也可能飞升到最后而滑入云层，滑翔之间杳然消失，只有鸣声留在空中。

---

① 红毛巾：此处指肩搭用来防寒的类似红毯的红毛巾的山民。

一下子拐过岩角，再一下子拐过盲人按摩师必定大头朝下跌落的地方，而后低头往旁边一看，但见油菜花弥天盈地，料想云雀落到那里去了。不不，很可能是从那黄金原野飞出来的。继而，下落的云雀和上升的云雀没准呈十字形擦身而过。最终，下落时也好，上升时也好，或者呈十字形擦身而过时也好，想必都要尽情尽兴地鸣叫不止。

春天昏昏欲睡。猫忘了捕鼠，人忘了还债，有时甚至忘了自家灵魂的居所而人事不省，唯独远眺油菜花时苏醒过来，唯独听得云雀声时真正知晓灵魂的所在。云雀的叫不是用嘴叫，而是用整个灵魂叫。在灵魂发而为声的生灵之中，再没有那么生机勃勃的了。啊，开心！这么想、这么开心即是诗。

倏然想起雪莱的云雀诗[①]，口中默诵记得的地方，但记得的只有两三句。两三句中有这样几行：

> We look before and after,
> 　　And pine for what is not:
> Our sincerest laughter
> 　　With some pain is fraught;
> Our sweetest songs are those that tell of saddest thought.

"我们瞻前顾后，为了不存在的事物自忧，我们最真挚的

[①] 雪莱的云雀诗：引自英国女诗人雪莱（Percy Bysshe Shelley, 1792—1822）的《致云雀》（*To a Skylark*）第十八节。

笑，也交织着某种苦恼，我们最美的音乐，是最能倾诉哀思的曲调。"

是的，无论诗人多么幸福，也不可能像云雀那样专心致志、忘乎所以地歌唱自己的欢乐。西方的诗自不待言，中国诗里也常有万斛愁①等字样。因是诗人，故为万斛；若是一般人，或许一合②足矣。如此看来，诗人比常人还要辛苦，神经或许比俗人敏锐一倍不止。超凡脱俗的欢乐固然有，而无量的悲伤也在所难免。果真如此，当诗人也须慎重考虑。

路平坦了一阵子，右边是杂木山林，左边油菜花连绵不断。脚下不时踩上蒲公英，其锯齿状的叶片肆无忌惮地伸向四方，将黄色的珍珠拥在正中。因看油菜花看得出神而一脚踩了上去，踩罢觉得不忍而回头一看，黄色的珍珠仍在锯齿叶中安然不动，满不在乎！于是继续思量。

忧虑之于诗人或许如影随形，不过若有听那云雀的心情，愁苦就荡然无存。即使看油菜花，感到的也只是欢欣鼓舞。蒲公英亦然。樱花也——樱花不知何时杳然消失。只要来这山中接触自然景物，所见所闻无不兴味盎然。唯其兴味盎然，愁苦也就无从发生。如若发生，无非因了脚力不支和吃不上好东西罢了。

不过，没有愁苦是因为什么呢？无他，盖因将这景色看成一幅画，读作一首诗。既然是画，是诗，那么就无意讨来这块地皮加以开发，也没心思架设铁路捞上一把。景色仅仅

---

① 万斛愁：例如苏东坡诗云"万斛闲愁何日尽"。
② 一合：一升的十分之一。

是景色，作为一不能充饥果腹，二不能补贴月薪的景色让我心旷神怡，故而辛劳和忧虑皆不相伴。大自然的力量在这方面弥足尊贵。瞬间陶冶吾人性情使之纯然进入醇厚诗境者，非自然莫属。

想必，爱情美妙，孝行美妙，忠君爱国也无可厚非。而若自身首当其冲卷入利害的旋风之中，美妙也好，无可厚非也罢，都要为之头晕目眩，而不解诗在何处。

为求其解，就必须站在有可解余裕的第三者立场。只有这样，看戏才兴味盎然，读小说也妙趣横生。看戏兴味盎然、读小说妙趣横生之人，无不将自身利害束之高阁。至少看读之间身为诗人。

甚至，普通的戏剧和小说之中人情也在所难免——愁苦、恼怒、喊叫、哭泣。看的人也不知不觉感同身受——愁苦、恼怒、喊叫、哭泣。好处也许存在于无涉利欲之点，但唯其无涉，其他情绪也就格外活跃，委实令人讨厌。

愁苦、恼怒、喊叫、哭泣，于人世不可或缺。三十年间我也一一领教，早已忍无可忍。既已忍无可忍，而若此外还要通过戏剧、小说反复遭受同样刺激，此生休矣！我追求的诗不是渲染如此世间人情那样的东西，而是能使人放弃俗念而暂且生出离开尘界心情的诗。哪怕再是杰作，也没有远离人情的戏剧。了断是非的小说恐也鲜乎其有。死活离不开人世是其共同特色。尤其西方诗歌，人事乃其根本，即使其诗歌中的精粹之作也不知脱离此境。同情啦、爱啦、正义啦、自由啦——归根结底，只是用这类浮世常情来应付了事。哪怕再有诗意,也是在地面上蝇营狗苟,时刻忘不了数点银两。难怪雪莱听云雀而兴叹。

令人欣喜的是东洋诗歌从中解脱了。"采菊东篱下,悠然见南山。"此情此景,说明在那一时刻全然忘记这热不可耐的尘世。既非因为院墙那边有邻家姑娘窥看,又不是由于南山有亲友当官。超然出世,心情上得以远离利害得失的万般辛劳。"独坐幽篁里,弹琴复长啸。深林人不知,明月来相照。"寥寥二十字别立乾坤。这一乾坤的功德不是《不如归》①《金色夜叉》②的功德,而是让人在为轮船、火车、权利、义务、道德、礼义而心力交瘁之后忘却一切酣然入睡的功德。

如果说二十世纪睡眠必不可少,那么在二十世纪这超越尘世的诗意就至关重要。可惜的是,当今无论作诗的人还是读诗的人看上去全都被西洋人迷得神魂颠倒,而无人特意悠然泛舟在这桃花源溯流而上。我原本不以作诗为业,所以无意把王维和渊明的境界向今世广而告之。只是自己觉得这样的感兴好像比演出,比舞会于人有益,也比《浮士德》,比《哈姆雷特》难得可贵。这么独自一人扛着画具箱和三脚架在春山路上踽踽而行,目的也全在这里。但愿能从大自然中直接汲取渊明、王维的诗境,暂且——纵使片刻——逍遥于"非人情"③天地。实属想入非非。

当然,作为人类的一分子,无论多么喜好,"非人情"也

---

① 《不如归》:日本作家德富芦花(1868—1927)的长篇小说。
② 《金色夜叉》:日本作家尾崎红叶(1867—1903)的长篇小说。
③ "非人情":夏目漱石自造语汇,大意为超越人情。另有"不人情",大意为不讲人情、不近人情、无情。

不可能持之以恒。即使渊明怕也不是一年到头目不转睛地盯视南山，王维也应该不是偏要在竹林中吊起蚊帐睡觉之人。私意以为，多余的菊花也还是要卖给花铺，长出的竹笋终究要推销给菜店才是。如此这般的我也不例外。无论对云雀和油菜花如何情有独钟，也不至于"非人情"到在山中露宿的程度。即便在这样的地方也会遇上人：短短掖起衣襟、头缠毛巾的汉子，一身红色贴身裙的阿姐。有时还会碰上脸比人脸还长的马。即使被百万株丝柏围在中间吐纳海拔几百尺的空气，也还是横竖去不掉人气味儿。漫说这点，翻过山要落脚的今晚的旅馆，就是那古井温泉[1]。

不过，事物因看法而异。列奥纳多·达·芬奇告诉弟子：听那钟声，钟是一个，但声音听起来各种各样。对一个男人、一个女子也是如此，看法完全因人而异，概无定论。毕竟是非人情之旅，从这一角度看人，较之在浮世小巷第几座房子里过得紧紧巴巴的平时想必有所不同。纵使不能完全超越人情，也至少能在观看能乐剧[2]时怀有恬淡的心情。能乐剧也有人情。《七骑落》[3]也好，《墨田川》[4]也好，都无法保证看时不哭。但那终究是表演，三分情七分艺。我等从能乐中体味的宝贵情感并非来自将下界人情现实性表演出来的演艺。这是因为，演艺是往现实上面套几件艺术的外衣，进而做出世间不可能有

---

[1] 那古井温泉：虚拟地名。原型为位于今熊本县玉名市天水町小天的小天温泉。漱石于第五高中任教期间曾旅游至此。
[2] 能乐剧："能""能乐"，日本剧种之一。在笛、鼓的伴奏下唱着谣曲表演，多戴面具。
[3] 《七骑落》：能乐剧名，作者不详。
[4] 《墨田川》：能乐剧名，世阿弥作。

的慢慢悠悠的举止。

把这段时间旅途中发生的事、旅途中遇见的人比作能乐剧的情节及其角色的所作所为，会怎么样呢？尽管不能完全抛弃人情，但毕竟本质是出自诗兴的行旅，很想在抒发"非人情"当中趁机约束情感，尽可能推进到那一境地。这和南山、幽篁当然性质不同，同云雀、油菜花也不能混为一谈，但我要尽量与之接近，在其最大限度内以同一视角看人。芭蕉[①]那个人就连马往枕角撒尿都视之为雅事而写成俳句。往下我也不妨把所遇人物——庄稼汉也好，城里人也好，村公所的文书也好，老爷爷、老婆婆也好——统统假定为大自然的点缀而纳入画中。只是，他们和画中人物不同，势必自行其是、为所欲为。可是，若像一般小说家那样就其自行其是寻根问底，深究其心理作用或探讨其人事纠葛，势必落入俗套。动也可以，把画中人视为动态也不碍事，毕竟画中人物怎么动也动不出平面。假如蹿出平面而立体地动起来，难免和我等发生冲突或有了利害关系，事情就很麻烦，越麻烦越不能审美。我要超然物外地从远处打量往下所遇之人，避免双方随意发生人情电流。这样，无论对方怎么动都不至于轻易扑入怀中，好比我站在画前观看画中人在画面中上蹿下跳，二者同一回事。只要相隔三尺，即可冷静观察、等闲视之。换个说法，因为心情不为利害所左右，所以能够全心全意从艺术角度观察他们的动作，能够专心致志地鉴别美与不美。

[①] 芭蕉：松尾芭蕉（1644—1694），日本著名俳人。所作俳句有"跳蚤哟虱子哟，还有马尿撒枕角"。

当决心下到这里时,天空变得诡异起来。拉不开扯不断的云絮,本以为向头顶压来,却不知何时分崩离析,四面八方仿佛全是云海。春雨从中淅淅沥沥落了下来。油菜花早已被我抛在后面,此刻正在山与山之间行走。但雨线密得胜过浓雾,致使间隔不知几许。风不时吹来,吹散高空云层之时,右边偶有浅黑色的山梁现出,似乎隔一条山谷的对面横亘着一道山梁。左边似乎马上就是山麓。雨幕深笼的深处有像是松树的什么晃来晃去,刚刚晃出就隐没不见。雨动?树动?梦动?心里总觉得莫名其妙。

路面意外宽敞起来,而且平坦,行走虽不吃力,但因为没有雨具,速度放慢不得。当雨滴从帽子啪嗒啪嗒淌下的时候,两三丈远的前方响起铃声,马夫从暗处一忽儿闪了出来。

"这一带可有歇脚的地方?"

"再走三四里有一家茶馆。淋透了吧?"

还要走三四里?回头看去,马夫如影画一样被雨包拢起来,又一忽儿消失了。

仿佛米糠的雨滴逐渐变粗变长,此刻就像每一条都被风卷起似的扑入眼帘。外套早已湿透,浸湿内衣的雨水因了身体的温度,感觉温暾暾的。心绪欠佳,歪戴帽子,大步赶路。

茫无所见的浅墨色世界有几条银箭打斜掠过,我在下面只顾冒雨行走——若以为此人不是我的形象,即可成为一首诗,也能吟成俳句。只有彻底忘却本真的我而形成纯客观的眼力之时,我才会作为画中人物与自然景物保持美好的谐调。而在意识到下雨的苦楚和移步的疲劳那一瞬间,我就已经既不是诗中人，又不是画中人，依然只是市井竖子一个。云烟飞动之趣也视而不见，落花啼鸟之情亦不涌上心头。至于萧萧独行于春山的我是何等之美，更是全然不解。起初歪戴帽子行走，继而一味盯视脚趾赶路，最后缩肩弓背走得战战兢兢。雨摇晃满目树梢，从四面逼迫孤客。看来"非人情"得未免过头了。

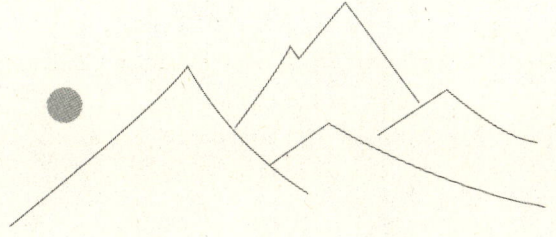

"喂！"我打了声招呼。没有回音。

从檐下往里窥看，被烟熏黑的纸拉门挡在那里，看不见对面。五六双草鞋不无凄凉地吊在房檐上，百无聊赖地晃晃悠悠。下面摆着三四个糕点盒，旁边散乱扔着五厘铜币和文久铜币①。

"有人吗？"我又招呼一声。靠在裸土房间一角的石臼上有一只圆滚滚的鸡，吃惊地睁开眼睛，"咕咕咕、咕咕咕"叫了起来。门槛外的土灶给刚才的雨淋湿了，一半变了颜色，上面放着一口黑漆漆的烧水锅。是陶锅还是银锅看不清楚，好在下面生着火。

因为没有回音，就径自走了进去，在帆布凳上弓身坐下。鸡扑棱棱从石臼飞下，这回跑上榻榻米。看样子，如果拉门不是关着，没准一直跑去里面。据说公鸡嗓门粗"喔喔喔"，母鸡嗓门细"唧唧唧、咕咕咕"。看来简直把我当作狐狸或野狗了。帆布凳上随手放着一个烟盆，一升大小，里面有

---

① 文久铜币：文久永宝。江户幕府于文久三年（1863）至庆应三年（1867）铸造的青铜币。

一盘香,以不知日影西移的神气慢悠悠冒着烟缕。雨渐渐偃旗息鼓。

不一会儿,里面传来脚步声,熏黑的拉门一下子开了,从中走出一位阿婆。

原本就以为总会有人出来的,毕竟灶里烧着火,糕点盒上扔着钱,盘香悠然冒着烟。肯定有人出来。不过,即使将自家铺面大敞四开也好像不以为意这点,多少和城里不同。而无人应声就坐在帆布凳上久久等待,也很难认为是二十世纪。这一带是"非人情",有趣有趣。这还不算,出来的阿婆的长相也合我意。

两三年前在宝生舞台上看过《高砂》①,当时心想此乃绝妙的活人画②。扛一把扫帚的老爷爷在舞台上走了五六步,而后悄然回身同老婆婆四目相对——那相对的姿势至今仍在眼前。从我的座席上看去,几乎正和老婆婆打照面,心想"啊,太妙了!"之时,那副表情啪一下子印在心之镜头。茶馆阿婆的脸庞和那张"照片"像得活灵活现。

"阿婆,在这儿坐一会儿。"

"啊,坐吧,一点儿也不碍事的。"

"雨好大啊!"

"不巧天气不好,让您为难了吧?噢——淋得好厉害!这就烧火给您烤干。"

"再多少烧旺一点儿,烤火就烤干了。这么坐了一会儿,

---

① 《高砂》:能乐剧名,世阿弥作。
② 活人画:模仿名画人物姿势的表演。

好像有些冷了。"

"呃，这就烧火。啊，请喝杯茶！"

老婆婆说着站起身来，嘘嘘两声把鸡撵走。"咕咕咕咕"叫着跑开的鸡夫妇，从褐色榻榻米踩上糕点盒，蹿去路面。公鸡逃跑时往糕点盒上拉了一摊屎。

"请、请！"不觉之间，老婆婆把茶杯放在镂花盘里端了上来。有些焦黑的褐色杯底，印有一笔挥洒的三朵梅花。

"吃馃子！"阿婆接着拿来鸡踩过的芝麻糖和江米条。我看有没有鸡屎粘在哪里，但那已经留在盒里了。

阿婆把系衣袖的带子搭在裙子上，蹲在灶前。我从怀中掏出写生簿，一边画阿婆侧脸一边搭话。

"好安静啊！"

"嗯，您都见到了，山沟。"

"有黄莺叫吧？"

"有，天天叫，这里夏天也叫。"

"想听啊！一点儿也听不到，就更想听。"

"今天不巧……刚才下了阵雨，躲雨躲去哪里了。"

这当口，灶里哗哗剥剥霍一下子卷起红色火苗，蹿出一尺多高。

"好了，烤火吧！够冷的吧？"她说。

看房檐，一团青烟涌到那里，而后四散开来，却又仍缠着檐板不放，留下淡淡的烟痕。

"噢，好舒服，活过来了！"

"雨也正好停了。喏，天狗岩露出来了！"

一阵山风急不可耐地猛然吹过迟迟不肯转晴的天空，使得前山的一角晴得利利索索。老妪指的那边如立柱一般嶙峋耸立的，就是她说的天狗岩。

我先看天狗岩，然后看阿婆，接下去对比看着二者。作为画家，存在我脑海里的老婆婆的面庞，只有《高砂》的老妪和芦雪①画的山妖。看芦雪画的画，觉得他理想中的老婆婆实在非同寻常，应该置于红叶中或冷月下才是。及至看宝生的别会能②，这才讶然发现原来老妪可以有这般温柔的表情。那假面具想必是名家雕刻的，遗憾的是忘记问作者姓名了。若如此表现，老人看上去也会这般丰盈、平和、温馨。金屏风也好，春风也好，或者樱花也好，都不妨作为配景道具。较之天狗岩，我更觉得将这位伸腰把手抬到额前指着远处的短褂阿婆作为春日山路的配景再合适不过。我拿起写生簿，希望暂且别动那一瞬间，阿婆的姿势崩溃了。

因手闲着，就一边拿着写生簿在火上烘烤一边问道：

"阿婆看上去很硬朗，是吧？"

"嗯。难得身体还结实，能拿针，能搓绳，能磨丸子粉。"

很想让阿婆碾石臼看看，但不能说出口来，就转问别的：

"从这里到那古井不出七八里吧？"

"呃，听说有六七里，您是去温泉疗养？……"

"如果人不多，想逗留几天，就看心情了。"

"不多。战争开始以来，去的人一个也没有，简直就像关

---

① 芦雪：长泽芦雪（1755—1799），江户中期画家，擅画"山妖图"。
② 别会能：每年举行一次或两次的临时能乐剧演出会。

门大吉了。"

"情况不一般啊！那么，怕是不能留宿了。"

"不不，只要提出来，随时都能留宿。"

"旅馆只有一家？"

"呃，打听志保田马上就知道的。村里的财主，是开温泉疗养所还是开养老院倒是不清楚。"

"所以没有客人也不在乎。"

"您是第一次？"

"不，很久以前去过一次。"

交谈停了一会儿。我打开本子，开始悄悄画刚才那只公鸡。这时，沉静下来的耳底听得丁零丁零的马铃声。声音自然而然打着拍子在脑袋里谱出一种调子，感觉上就像在困倦当中被旁边的石臼声带入梦乡。我不再画鸡，在同一纸页的边角写道：

春风惟然[①]耳，阵阵马铃声。

上山后碰上了五六匹马。碰上的五六匹马全都围着肚兜、摇着铃铛，不像是这个世上的马。

不久，哼哼呀呀的马夫歌声惊醒"春深空山一路梦"。感伤之中带有欢快的余韵——无论怎么想都是画上的声音。这回打斜写了一行：

---

① 惟然：广濑惟然（？—1711），松尾芭蕉的门生，芭蕉死后曾将芭蕉俳句配曲吟唱。

　　　　铃鹿①马夫谣，悠悠春雨中。

　　写罢，发觉这不是自己的俳句②。
　　"又有谁来了。"老婆婆自言自语地说。
　　因为只此一条春路，来往的人都近在身旁。在这老婆婆心中，刚才碰上的五六匹铃声丁零的马也全都属于"又有谁来了"——如此下山而去或如此爬上山来。寂寞路贯古今春，厌花则无立足地——在这样的小山村里，想必阿婆从许多年前就开始数这丁零声，一直数到今日白头。
　　我往下一页写道：

　　　　暮春马夫谣，白发正苍苍。

　　这也不能道尽自己的感觉，多少还有推敲的余地，我盯着铅笔尖心想。好像应该加上白发字眼，加上古来曲调之句，加上马夫谣标题，再加上春之季语，如此这般凑出十七字③——正这么斟酌之间，现实中的马夫停在店前大声喊道：
　　"噢，你好啊！"
　　"哎哟，原来是阿源，又要进城？"
　　"有什么想买的，只管吩咐！"

---

① 铃鹿：铃鹿山，位于今三重县铃鹿市与滋贺县甲贺市之间。
② 日本俳人正冈子规《寒山落木》有此俳句。
③ 十七字：日本俳句形式为五、七、五共十七字（音）。

"对了,经过锻冶町时,请给我女儿讨一张灵严寺护身符。"

"好,讨来就是。一张?阿秋嫁到好地方,福气!是吧,伯母?"

"眼下有幸过得去,这能说是福气吗?"

"当然是福气,还用说!和那古井家的小姐比比看。"

"真够可怜的啊,长得那么漂亮!近来多少好些了?"

"哪里,一个样!"

"伤脑筋啊!"老婆婆长叹一声。

"伤脑筋哟!"阿源摸着马鼻说。

枝繁叶茂的山樱,无论叶还是花,都湿漉漉吸足了从深空中径直落下的雨滴。但此时被阵风劫掠了阵脚,再也稳不住了,从暂居之处哗啦啦滑落下来。马吃了一惊,上下抖动长长的鬃毛。

"混账!"厉声训斥的阿源的语声连同丁零丁零声打破我的冥想。

阿婆说:"阿源,我么,小姐出嫁时的样子还在眼前一晃一晃的,长袖和服下摆的花纹,高岛田发髻,骑着马……"

"不错,不是坐船,是骑马。也是在这里歇一下才走的,伯母。"

"对了,小姐的马站在那棵樱树下的时候,樱花扑簌簌落了下来,好不容易梳起来的高岛田发髻有了斑点。"

我又打开写生簿。这一景色能入画,也能入诗。我的心间浮现出新娘的形象,想象她当时的样子,得意扬扬地

写道:

> 但见樱花路,好马配新娘。

奇怪的是,衣裳、发式、马、樱花无不历历在目,唯独新娘脸庞怎么也想不出来。那张脸、这张脸——如此久久冥思苦索之间,米莱斯画的奥菲莉亚①面影倏然闪现出来,不偏不倚嵌在高岛田发髻下面了。这可不成!好歹想出的构图当即支离破碎。衣裳也好,发式也好,马也好,樱花也好,全都一瞬间同我心中的道具彻底分离,只有奥菲莉亚合掌在水上漂流的姿影依稀留在心底,就像用棕榈扫帚驱烟,久久挥之不去,让我无端地想起夜空中曳出长尾的彗星。

"那么,谢谢了!"阿源寒暄道。

"回来时再到这儿来。雨下得不巧,羊肠小道怕不好走的。"

"是啊,会有些吃力。"阿源开始迈步,阿源的马也迈步前行,丁零丁零。

"那人是那古井的?"

"嗯,那古井的源兵卫。"

"就是他让哪里的新娘骑在马上翻山越岭?"

"志保田家的小姐嫁去城里时,他让小姐骑着青马,他牵着缰绳经过这里来着。时间过得真快,到今年已经五年过

---

① 米莱斯画的奥菲莉亚:米莱斯(John Everett Millais,1829—1896),英国画家;《奥菲莉亚》(《哈姆雷特》中的女主人公)为其代表作。

去了。"

只在对着镜子的时候抱怨自己头白的,属于幸运之人。屈指算来得知"五年流光转轮疾"之趣的阿婆,作为人莫如说近乎仙人。

我这样应道:

"想必够漂亮的。来看一眼就好了。"

"哈哈哈,马上就能看到的。去泡温泉,肯定出来寒暄。"

"噢,眼下在娘家?但愿还是身穿下摆带有花纹的长袖和服,梳着高岛田发髻……"

"如果相求,会穿给您看的。"

我想不至于,但老婆婆的神情意外认真。非人情之旅要有这个才有趣。阿婆说:

"小姐长得和长良少女很像。"

"五官?"

"不,身段。"

"哦,那长良少女是什么人呢?"

"以前这村里有个叫长良的少女,有钱人家的漂亮姑娘。"

"噢。"

"不料有两个男人同时看上了她,跟你说。"

"原来是这样。"

"是跟这个男人呢,还是跟那个男人呢?姑娘从早到晚愁得不行。结果哪个都不好跟,最后吟完两句诗投河自尽了:秋来雄花闪露珠,我身我情亦如露。"

真没想到,来到这样的山村会从这样的阿婆口中听得这么古雅的语句。

"从这儿往东走一里多下坡路,路旁有座五轮塔。顺路看看长良少女塔也好。"

我暗下决心,一定去看看。阿婆继续下文:

"那古井家的小姐也在两个男人身上出了麻烦。一个是小姐去京都上学时遇上的,一个是这城里数一数二的大财主。"

"唔,小姐跟哪个来着?"

"小姐本人横竖非跟京都那位不可,但那里边怕也有种种样样的情由,双亲大人硬是定在这边……"

"所幸结局不是投河。"

"不过,毕竟对方也是看中她的美貌娶她的,所以也许很疼爱来着,但本来就是被迫出嫁的,总好像不大合得来,亲戚们也好像很担心。正当这时候,因战争的关系,夫君工作的银行倒闭了。不久小姐又回到那古井的娘家。人们说法很多,什么小姐不讲人情啦、心狠啦。原本是非常内向温柔的,可这阵子脾气变得很糟,让人放心不下——源兵卫每次来都这么说。"

如果再往下打听,好歹形成的计划就要泡汤,感觉上就像终于快成仙人之时有人催促快还羽衣①。一路七拐八拐好不容易来到这里,这就被一把拉回俗界,翩然离家的意义就没有了。闲话若超出一定程度,浮世味儿势必沁入汗毛孔,污垢致使身体变重。

---

① 羽衣:以谣曲《羽衣》作比。渔夫白龙在三保松原发现一件羽衣,随即天女现身求他还回羽衣,而后舞蹈升天以示感谢。

"阿婆,去那古井是一条路吧?"我把十钱银币啷一声扔在帆布凳上,站起身来。

"从长良五轮塔右拐,还有一里多一点点。这是近路。路是不好走,但对年轻人应该还是这条路好。……给这么多茶钱……路上小心!"

三

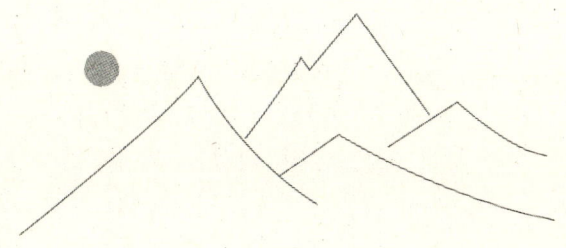

昨晚心情很是奇妙。

到旅馆是晚间八点左右。房子结构、庭院布局自不用说，甚至东西区别都稀里糊涂。总好像在回廊那样的地方不断转来转去，最后被领进六张榻榻米大小的小客厅。和上次来时截然不同。吃罢晚饭，泡完温泉，回房间正喝茶时，小女佣来问可不可以铺被褥。

不可思议的是，刚到旅馆时的接待也好，晚饭的服侍也好，泡温泉的向导也好，帮忙铺被褥也好，全都由这小女佣一手包办。她很少开口，而又不土气，规规矩矩系一条红衣带，点燃一只古雅的小灯笼，领着我在既不像走廊又不像楼梯那样的地方一个劲儿转来转去，或者系同样的衣带，以同样的油灯领着我在既不像走廊又不像楼梯那样的地方一次又一次上上下下，这才把我领到温泉浴池——这种时候，连我自己都觉得像是在画布上来回走个不停。

端饭来的时候，对我说近来没有客人，别的房间没有打扫，让我在平时用的房间忍耐一下。铺被褥时说"请慢慢休息"——这倒像句人话，说完离开。她的脚步声沿着那条拐来拐去的走廊渐渐往下远离之后,岑寂随之而来,没有人的声息。这让我有些忐忑不安。

有生以来同样的体验只有一次。过去曾从馆山经房州一路急行,又从上总沿海滩走到铫子。那时候某日傍晚在某处投宿——只能说是某处。如今地名、旅馆名都已忘个精光。不说别的,在没在旅馆投宿都是个问题。高大的房子里只有两个女人。我问能不能投宿,年纪大的说可以,年轻的说这边请。尾随当中,经过好几间凄凄凉凉的大房间,最后跟她走到尽头处的二楼。迈上三级台阶正要从走廊进入房间时,朝檐板倾斜的一丛修竹迎着晚风轻抚我的肩头和脑袋,让我心里一惊。檐板开始腐朽了。我说来年竹笋可能穿过檐板,客厅里长满竹子。年轻女子一声不响,笑嘻嘻走了出去。

那个晚间,那丛竹子在枕边姿影婆娑,无法入睡。打开纸拉门一看,院子里整个一片草场,夏夜月光,朗朗生辉。放眼看去,树篱院墙踪影皆无,直接连向满是青草的大山。草山的另一侧就是大海,涛声隆隆,惊世骇俗,以致我到天亮也没合眼,在莫名其妙的蚊帐里苦苦忍耐,心想这简直是草双纸[①]发生的事。

后来也这里那里去了好多地方,但这种心情的产生,在今晚投宿那古井之前从未有过。

我仰脸躺着,偶然睁眼一看,楣窗那里挂有朱红色画框字幅。即使躺着也分明读得出:竹影拂阶尘不动。落款"大

---

① 草双纸:江户时期供妇幼阅读的小册子,内容多是男情女爱和鬼怪故事。

彻"也不会有误。在书法方面我虽然毫无鉴赏眼光,但一向热爱黄檗①高泉和尚②的笔致。对隐元③、即非④和木庵⑤也觉得各有情韵。高泉的字最为苍劲工稳。现在看这七个字,从笔法到运腕,无论如何都出自高泉之手。不过,既然实际落款"大彻",那么理应另有其人。说不定黄檗真有"大彻"这个和尚。话虽这么说,纸色非常之新,只能认为是当今之物。

往旁边看去,壁龛挂的若冲⑥《仙鹤图》闪入眼帘。出于职业特性,一进房间我就已认定此乃逸品。若冲的画,虽然大多设色精巧,但这仙鹤则无所忌惮、一挥而就。单腿直立,卓然不群,卵形胴体轻居其上,形态甚合吾意。飘逸之趣甚至直贯长嘴。壁龛省略两块高低搁板,与普通壁橱连在一起。壁橱里有什么则无从得知。

很快酣然入睡,做了个梦。梦见长良少女身穿长袖和服,骑着青马翻过山梁。突然,那个男人和这个男人一跃而出,左右拽她。女子当即变成奥菲莉亚爬上柳树,跳入河中。一边随波逐流,一边以悠扬的声音歌唱。我想救她,遂拿长竿追去向岛。女子毫无痛苦表情,边笑边唱,顺流而下,不知流往何处。我扛着长竿,"喂——喂——"喊个不停。

于此睁眼醒来,腕下出了汗,心想居然做了个雅俗混淆的

---

① 黄檗:日本禅宗三派之一。
② 高泉和尚:1633—1695,黄檗高僧,1661年应隐元之邀赴日,振兴宇治万福寺。
③ 隐元:1592—1673,黄檗高僧,1654年赴日,建宇治万福寺。
④ 即非:1616—1671,黄檗高僧,1657年应隐元之邀赴日。
⑤ 木庵:1611—1684,隐元弟子。与隐元、即非合称"黄檗三笔"。
⑥ 若冲:伊藤若冲(1716—1800),江户中期画家,号斗米庵,擅画动植物。

梦。往昔宋代大慧禅师①其人，悟道后没有任何事不如意，唯独梦中有俗念冒出，为此苦闷了很长时间。理所当然。以文艺为生命的人倘不多少做做美梦，那是难成气候的。而这样的梦自是几乎成不了画，成不了诗——如此想着一翻身，月光不知何时照在纸拉门上，两三树枝，疏影横斜。月华如水的春夜。

或许神经过敏，觉得有谁小声歌唱。莫非梦里的歌跑到现实世界上来了？抑或现实世界的声音活活混进遥远的梦乡了呢？我竖起耳朵细听，的确有谁歌唱，声音诚然又细又小，但在这昏昏欲睡的春夜保持着微弱的律动。奇异的是，调子倒也罢了，而歌词——不是在枕边唱的，歌词不可能听清，本应听不清的歌词也听得一清二楚：秋来雄花闪露珠，我身我情亦如露。长良少女的歌声如此周而复始。

起初似乎近在檐廊的声音，渐渐变细远去。对于突然中止的东西固有突然之感，但惋惜之情不多。听得戛然而止声音之人的心里，自有戛然而止的感触发生。对于没有断句而自然变细，于不觉之间消失的现象，我的担忧也分分秒秒变得愈发细微。一如将死未死的病夫，又如将熄未熄的灯火，那危危乎即将消失而让我心烦意乱的歌声，其深处自有将天下春怨一网打尽的旋律。

本来我一直在被窝里忍着倾听，而随着所听声音逐渐远去，尽管明知自己的耳朵已然中计，但还是想追赶那声音。声音越是变细，我越恨不得一跃而起，哪怕整个人变成耳朵。

---

① 大慧禅师：大慧宗杲（1089—1163），南宋禅僧。

在不管怎么焦躁耳朵也似无声音传来那一瞬间到来之前，我实在忍无可忍，不由自主地钻出被窝，一把打开拉门。旋即，自膝盖往下有月光斜射下来。睡衣上也有树影摇曳不止。

打开拉门时没有觉察出来。那声音呢？顺着耳朵朝向看去，原来在那边。一个人影背靠树干——看花像是海棠，刻意避开月光，显得朦朦胧胧。就连是那个这一认知还没有真切掠过心间之时，黑乎乎的人影踩着斑驳的花荫向右拐去。与我这房间相连的一座房子拐角，当即遮掩了轻快移动的高挑女子的身姿。

我身穿旅馆的睡衣，手抓拉门茫然注视有顷，而后回过神来，得知山村的春天是相当冷的，不管怎样都得返回自己爬出的被窝。从扎口枕头底下拿出怀表一看，一点十多分了。重新塞回枕头底下后我想起来了，那不可能是妖怪。若非妖怪，即是人。若是人，即是女人。或是这家的小姐也未可知。但作为出嫁回来的小姐，深更半夜走到和山坡相连的院子，多少有失稳重。无论如何也睡不着，就连枕头下面的怀表都咔嚓咔嚓响个没完。迄今从未觉察怀表的动静，唯独今夜就像催我快想快想、就像劝我别睡别睡似的絮絮叨叨。混账！

可怕之物如果视为可怕之物的本来面目，那即是诗。非常之事如果抛开自己而仅仅认为非常，那即是画。失恋成为艺术题目也是同一道理。忘却失恋的痛苦，而将其温柔之处、赖以同情之处、含忧带愁之处，进一步说来，将失恋痛苦本身漫溢之处纯客观地在眼前推想出来，就会成为文学和美术的素材。有人制造世间根本没有的失恋，自己强迫自己苦闷不堪，又从中奢求快乐。常人斥为愚蠢,谓之歇斯底里。然而主动描绘不幸的轮廓而执意于中起卧,在获得艺术立足之地这点上,同自行刻画乌有山水为壶中天地喜不自胜相比,必须说二者毫无二致。就此而言,世间不知有多少艺术家作为艺术家(作为常人另当别论)比常人还要愚蠢,还要歇斯底里。穿草鞋旅行期间我们从早到晚"苦啊、苦啊"怨天怨地,而在向别人介绍自己曾到此一游之时,却丝毫没有怨天怨地的样子。趣事、快事自不消说,甚至对往日的抱怨也扬扬得意地喋喋不休,一副踌躇满志的神气。这绝非出于自欺欺人的心机。因为旅行期间是常人心情,讲述曾游之时已是诗人姿态,所以产生这样的矛盾。如此看来,从四角形世界中磨去被称为常识的一角而住进三角形世界之人,不妨可以称之为艺术家。

因此,天然也好,人事也罢,大凡俗人畏畏缩缩不敢靠近的地方,艺术家都会从中发现无数琳琅,探知天上宝璐①。通常取个名字叫美化,其实并非什么美化。灿烂的光彩自古以来即赫然存在于现象世界。只因"一翳在眼,空华乱坠"②,唯其俗累羁绊牢牢难断,但为荣辱得失相逼而念念急切,故而透纳③直到画火车才解火车之美,应举④在画幽灵之前,不知幽灵之美而虚度时光。

我刚才目睹的人影也不例外。若仅仅视为一时的现象,则无论谁看,无论谁听都诗趣盎然。孤村温泉,春宵花影,

---

① 宝璐:美玉。琳琅亦然。
② 一翳在眼,空华乱坠:语出《传灯录》,大意为囿于烦恼不得开悟。
③ 透纳:Joseph Mallord William Turner(1775—1851),英国画家,尤工风景画。
④ 应举:圆山应举(1733—1795),江户后期画家。所画幽灵图藏于京都王藏院。

月前低吟，暗夜丽姿……无一不是艺术家的好题目。尽管这好题目近在咫尺，而我却徒然思来想去，枉费心机刨根问底，以致这难得的雅境泛起是非风波、求之不得的风流毁于惊悚的践踏。如此这般，"非人情"也不具有标榜的价值。倘不进一步修行，便没有向人吹嘘自己又是诗人又是画家的资格。据说往昔意大利画家萨尔瓦托·罗萨[①]一门心思研究毛贼而冒着生命危险深入山贼团伙。而我既然翩然怀揣画簿离家旅行，那么也要有这个程度的决心才不蒙羞。

若说这种时候如何回归诗性立场，其实只要把自己的感觉，把那物象置于眼前，再从感觉后退一步自然而然放松下来，留出以他人眼光予以审视的余地即可。诗人有义务自己解剖自己的尸骸并将病情通告天下。手段固然多多，但最方便最好的，是统统随手凑成十七个字。作为形体，十七个字再轻便不过。洗脸时也好，如厕时也好，乘电车时也好，都能手到擒来。这意味着，诗人很容易当成。成为诗人是一种悟，故而轻而易举，但无须轻蔑。私意以为，因为越是轻而易举越能成为功德，所以反而值得尊重。假定生气，生气之处即可马上弄成十七个字。而弄成十七个字时，自己的气恼即已变成他人的。生气、作俳句，这不是一个人能同时进行的。假定流泪，将泪弄成十七个字，于是立马高兴起来。将泪归纳成十七个字时，痛苦的泪就离开自己，留给自己的只有我还能哭这一欣喜。

[①] 萨尔瓦托·罗萨：Salvator Rosa（1615—1673），意大利画家。亦是歌手、诗人、制版师，擅长描绘激情场景。

此乃我平生一贯的主张。今夜也要把这个主张实行一次，为此在被窝里就刚才的事件如此这般鼓捣俳句。鼓捣出来倘不写下，难免散乱不见，于是打开写生簿置于枕边。这种事马虎不得。

歇斯底里啊，摇动海棠露。

当即写下这两句。读之，尽管意思不大，却也不至于令人惧怵。接着写的是："花影美人影，两影两朦胧。"季语重叠[①]。不过无所谓，释然悠然可也。再往下，"朦胧月下女，正一位[②]变来"。不成，乱套了，自觉好笑。

无所谓！我兴致上来，把鼓捣出的俳句一一记下：

捅落春星了？夜半的头簪。
弄湿云絮了？春宵洗秀发。
春日丽人影，今宵的歌声。
月夜徘徊啊，海棠的精灵。
时远时近啊，歌动月下春。
断然远去啊，留春春不住。

如此尝试之间，不觉睡意上来。

---

① 季语重叠：一首俳句不能含有两个及两个以上季语（表示季节之语）。而这里的"花"和"朦胧"俱为春之季语。
② 正一位："稻荷大明神"，狐仙。此处作"狐狸"意。

所谓"恍惚",我想正是这种场合用的形容词。酣睡当中,许多人都认不得自己;苏醒之时,谁都不会忘记外界。两域之间隔着一缕幻境。若说醒来,则过于朦胧;若说睡着,则略有生气。这一状态犹如将起卧二界装入同一瓶内,只管用诗歌彩笔搅来搅去。将自然之色融于梦境之前,让本真宇宙进入迷雾之乡。借睡魔的妖腕打磨所有实相的棱角,同时以迟缓的脉搏将打磨圆滑的乾坤和我等连在一起。一如烟气欲飞离地面而飞离不得,我们的灵魂欲脱离我们的躯壳却又不忍,想抽身而去却又逡巡不已,逡巡之间却又想抽身而去。最后,我们很难罔顾道德而保有灵魂这一个体,氤氲之气不离不弃地纠缠四肢五体,导致依依恋恋的心境。

正当我在似醒非醒的境界中如此逍遥之时,入口的纸拉门轻轻开了,门开处倏然闪出如梦如幻的女人身影。我一不惊,二不恐,只管欣然观望,说观望有些言重——女子幻影不由分说地滑进我闭合的眼帘。幻影晃晃悠悠进入房间,如仙女凌波一般,榻榻米上全然没有仿佛有人走动的声响。毕竟是从闭合的眼中注视人世,看不真切,但看得出女子玉颈细长,肤色白皙,秀发浓密,感觉就像对着灯影看近来流行的晕映照片。

幻影在壁橱前停住。橱门开了,白嫩的臂腕滑出衣袖在黑暗中时隐时现。橱门重新关上。榻榻米波浪自然渡回幻影。入口的纸拉门自动闭合。我的睡意逐渐变浓。人死后投生为牛马途中,料想就是这种状态。

在人与马之间睡到什么时候我不知晓。耳畔那"嘻嘻嘻"

女子的笑声，当即使我睁眼醒来。一看，夜幕早已撤去，天底下整个大放光明。明媚的春日阳光把圆窗的竹格子照成了一道道黑影——由此看来，人世间似乎并不存在所谓怪物的藏身余地。神秘谅已返回十万亿土①，渡到三途川②的对岸。

我仍一身睡衣下到澡堂，偶尔在浴池中把脸浮出五分左右。不想洗，也没心思出去。不说别的，昨晚怎么会产生那样的心情呢？天地居然昼夜颠倒，妙！

懒得擦身子。差不多到时候了，就湿着爬上来。从内侧打开澡堂门时，又吃了一惊。

"早上好！昨晚睡得可好？"

这句话几乎与开门同时。始料未及——甚至没以为有人——的劈头寒暄，使得我甚至来不及回应。

"请，请穿上！"

对方马上绕到后面，把软绵绵的衣服披在我的后背。我好歹说了声"谢谢"，而转身那一瞬间，女子退了两三步。

自古以来小说家就无一不对主人公的容貌极尽描写之能事。倘以古今中外的语言列举品评佳人的例句，其数量或许可与《大藏经》一争高下。如果让我从那令人生畏的海量形容词中拾用恰如其分的字眼描述和我隔两三步，扭着身子、斜着眼睛欣欣然打量我惊愕不已的狼狈相的女子，不知需要多少数量。有生以来至今三十余年，迄未见过如此表情。依美术家之说，希腊雕刻的理想，可归结为"端肃"二字。在我

---

① 十万亿土：佛教用语，从人世到净土之间佛土的总数（时空距离）。转指极乐净土。
② 三途川：冥河。佛教认为人死后归西要过的河。

看来，端肃乃是人之活力欲动而未动的姿势。动起来如何变化？风云还是雷霆？——余韵缥缈于如此莫衷一是之间，故而可将含蓄之趣传于百世之后。世上几多尊敬、几多威严，无不潜伏于这无限可能性的内面。动则现，现则非一即二，非二即三。一也好，二也好，三也好，必然都是特殊才能。然而一旦成为一，成为二，成为三，则势必尽情展示拖泥带水之陋，而无法回归本来圆满之相。是以大凡名之为动者必然鄙俗。无论运庆①的仁王还是北斋②的漫画，都因这"动"字而一败涂地。动还是静？此乃决定我等画家命运的重大问题。事关美人形容，古来也大体不出这两大范畴，非此即彼。

可是，看这女子表情，我很难做出非此即彼的判断。嘴巴闭成一字，安安静静。眼睛也只能觅出五分间隙。脸形为上窄下宽的瓜子脸，两颊丰盈优雅，额头则相反，狭窄局促，带有所谓富士额③的俗气。不仅如此，眉毛从两侧相逼，中间如点有几滴薄荷油④，频频抽动，显得焦虑不安。唯独鼻子既不轻薄而尖锐，又不迟钝而浑圆。画出来想必好看。如此这般，各自为政的道具都有一个毛病，乱七八糟、吵吵嚷嚷扑入我的双眼，我困惑也情有可原。

本来平静的大地一角有了缺陷，整体不由得动了起来。我知晓动有违本性，力图使之恢复往昔姿态，却受制于失去平

---

① 运庆：生卒年不详，镰仓时期代表性佛教艺术家，有佛像名作存世。
② 北斋：葛饰北斋（1760—1849），江户浮世绘画师，代表作有《北斋漫画》《富岳三十六景》。
③ 富士额：富士山形状的额头。
④ 点有几滴薄荷油：形容显得甚为神经质的眉间。

衡的态势而不得已动来动去。当下这因了自暴自弃而就差没说偏偏动给你看的状态——假如有此状态，正好用来形容这个女子。

因此之故，轻蔑之中似有求助于人的表现，瞧不起人的神情后面隐约闪出深思熟虑的辨别。倘任才负气，上百男子亦全然不在话下——如此气势之下不由自主地涌出体恤的柔情。表情无论如何都有欠谐调，仿佛醒悟与迷惘同居一室而又争吵不已。这个女子面庞的不谐调之感，证明其心的不谐调。心的不谐调，想必是因为此女处境的不谐调。受困于不幸而又想战胜不幸，便是这样一副面庞。无疑是个不幸福的女子。

"谢谢！"我点了下头，一再致谢。

"呵呵呵呵，房间已经收拾好了，请过去看看。一会儿见！"

话刚一出口就扭一下腰，轻盈地顺走廊跑去。头上梳着银杏叶式发型，后颈闪出白色衣领，衣带的黑缎子想必只限单面。

四

我怔怔返回房间，果然打扫得干干净净。到底有些放心不下，出于慎重，打开壁橱查看。下面有个不大的木箱，上面搭着一半友禅宽幅衣带，不妨解释为有人来取衣服什么的又匆忙离开。宽幅衣带的上半端掩在花花绿绿的衣服里看不见端头。木箱另一侧塞了几本书。最上面是白隐和尚①的《远良天釜》②和一卷《伊势物语》。昨晚的梦境或许实有其事。

漫不经心地往榻榻米坐垫上一坐，唐木③矮脚桌上那本写生簿已小心打开，铅笔夹在中间。我拿了起来——梦中随手写的俳句早上看起来会是怎样的呢？

"歇斯底里啊，摇动海棠露"的下面，不知谁写道："清晨乌鸦啊，摇动海棠露。"因是铅笔，字体难以确定。不过作为女人，未免过硬；作为男人，有些偏软。哦，又是一惊。往下看去，"花影美人影，两影两朦胧"下面补充道："花人影，影影复影影。""朦胧月下女，正一位变来"之下写的

---

① 白隐和尚：白隐慧鹤（1685—1768），江户时期高僧，有临济宗中兴祖师之誉。
② 《远良天釜》：一般写作"远罗天釜"，收有白隐书简六通。
③ 唐木：经中国（唐）进口的黑檀、紫檀等木料。

是:"御曹子^①之女,朦胧月变来。"我歪头沉思:意在模仿?存心修改?风流交往?傻瓜?被当作傻瓜?

既然说是一会儿见,那么很可能一会儿开饭时出来。来了,情况就多少清楚了。几点了呢?不时看一眼表。十一点已过。真能睡啊!这样,还是只用午饭应付一顿对胃有好处。

打开右侧纸拉门观望,昨晚的遗痕在哪里呢?以为是海棠的倒真是海棠,但院子比想的还要窄。青苔满满覆盖着五六块踏脚石,光脚踩上去,感觉想必舒坦。左边和山相连的悬崖有一株红松从岩缝里打斜伸在院子上方。海棠后头有一小片灌木,再往后,高大的竹丛把十丈苍翠展示在春天的阳光下。右侧被房顶挡住看不见,以地势推测,肯定缓缓向下通向澡堂那边。

山尽处是丘陵,丘陵尽处是三百多米宽的平地,平地尽处则潜入海底,往前伸展一百多里再度高高隆起,是为方圆四五十里的摩耶岛,此即那古井的地势。温泉旅馆从山岗底端尽最大限度伸向悬崖,将半边悬崖景致圈进院中。因此,就算前面是二楼,后面也是平房。把脚从房檐伸出一晃悠,脚后跟马上就能碰上青苔。怪不得昨晚一个劲儿上楼下楼,心想房子结构真是奇怪。

接着打开左侧窗扇。岩石自然凹出约有两张榻榻米大小的洼坑里不知何时积满了水,山樱的枝影静静浸在水中。两三株毛竹给岩角涂上了色彩,再往前有仿佛枸杞的树篱。篱

---

① 御曹子:意为深居简出的贵公子,一般被用为日本平安末期名将源义经的别名。

外山路时而传来从海滩爬往山岗的人们的说话声。道路对面是长拖拖的南下斜坡，上面长着橘子树。山谷尽头处又有高大的竹丛闪着白光。竹叶从远处看去闪白光，这还是第一次得知。从竹丛往上是山，山上有很多松树，从红松树干间可以清楚看见五六级石阶，想必有座寺院。

打开入口隔扇走到檐廊。栏杆弯成方形，在方位上应是可以看见海的地方，隔着中院有一间正面为二楼的屋子。若凭依栏杆，我住的房间也是同样高度的二楼，这点引起我的兴致。因浴池位于地下，所以从入浴的地方算起，我是在三楼起卧。

房子相当宽敞。对面二楼一间，顺着我这间的栏杆右拐有一间，此外所有可能称为客厅的房间——起居室和厨房不晓得，基本上关门闭户。大概除了我几乎没有客人。关闭的房间白天也不打开木板套窗。而一旦打开，夜间也好像不关。看这情形，就连正大门关不关都不知道。对于"非人情"之旅实在是再好不过的强势场所。

时针即将指向十二点，但全然没有让人吃饭的意思。想到诗中有"空山不见人"之句，哪怕节省一顿也无遗憾。作画嫌麻烦，作俳句也已进入俳句三昧之境，"作"乃俗事。看书吧，又懒得解开和三脚架捆在一起的两三本书。这么着，在檐廊里让和煦的春日阳光晒着脊梁骨与花影共眠，实乃天下至乐。有所思即堕外道，有所动即有危险。如果可能，甚至不想从鼻孔呼吸，但愿像从榻榻米上长出的植物那样两三个星期一动不动。

不久,走廊响起脚步声,有人从楼梯上来。听得渐渐临近,似乎是两个人,一人在房间前止步,一人不声不响地折回原处。隔扇开了。本以为是今天早上那个人,不料仍是昨晚的小女佣,不免觉得有些失落。

"饭晚了!"对方放下食盘,一句也没解释何以晚了。烤鱼上点缀着青菜叶。掀开碗盖,幼蕨里面沉有两条染成红白色的对虾。啊,好颜色!我定定注视碗中。

"不中意?"女佣问。

"哪里!这就吃。"说是这就吃,但吃了觉得可惜。曾在一本书中读得一则趣闻:透纳在某日晚餐席间,一边盯视盘子里的色拉,一边对邻座说"颜色好爽,正是我用的颜色!"。此刻我恨不得让透纳看看这对虾和幼蕨的色调。说到底,西洋食物根本就没有颜色好看的,有也不外乎色拉和红萝卜罢了。从营养这点来说自是不懂,而若以画家眼光观之,则是颇不发达的菜肴。这方面看看日本的食谱好了,无论清汤还是拼盘,抑或生鱼,全都那么漂漂亮亮。往宴会桌上一放,即使一筷不动而看完回去,从养眼角度来说也没白来一趟。

"家中有年轻女子吧?"我边放碗边问。

"嗯。"

"什么人呢?"

"年轻的太太。"

"另有年老的太太?"

"去年去世了。"

"老爷呢?"

"有的。那是老爷的女儿。"

"那个年轻女子?"

"嗯。"

"可有客人?"

"没有。"

"只我一个?"

"嗯。"

"年轻太太每天都做什么?"

"针线活儿……"

"另外?"

"弹三弦。"

让人意外。有意思,于是又问:

"此外?"

"去寺院。"小姑娘说。

这又意外。寺院和三弦,妙!

"去上香?"

"不,去找和尚。"

"和尚学三弦什么的?"

"不。"

"那么去做什么?"

"去大彻大人那里。"

原来如此。所谓大彻,必是写这幅字的无疑。从语句推察,似乎是禅师。壁橱里的《远良天釜》,绝对是那女子读的。

"这房间平时有人住?"

"平时太太住。"

"那么说,昨晚我来之前就住这儿的?"

"嗯。"

"对她不起。那,去大彻先生那里做什么呢?"

"不知道。"

"除此以外?"

"以外什么?"

"此外还做什么?"

"此外,这个那个……"

"这个那个,哪个?"

"不知道。"

交谈就此中断。饭终于吃完了。撤食盘时,小姑娘一开入口隔扇,但见隔着中院树丛,对面二楼栏杆处一个银杏叶式发髻的女子手托香腮,以当世杨柳观音姿态盯视下面。和今早相反,样子甚是娴静。低着头,眸子够不到这边,那会给表情带来明显变化不成?古人说:"存乎人者,莫良于眸子。"①的确,"人焉廋哉"?人身上没有比眼睛更活泛的道具。悄然凭依的亚字栏下,两只蝴蝶忽即忽离飞了出来。就在这时,我的房间隔扇开了。随着那一声响,女子猝然把目光从蝴蝶那里转到我这边来,视线如毒箭一般从空中穿过,不由分说地落在我的眉间。我心里一惊,只见小姑娘啪嗒关合隔扇

---

① "存乎人者,莫良于眸子":语出《孟子·离娄篇》,大意为人所拥有的东西中,再没有比眸子更好的了。下句"人焉廋哉",哪里隐藏得了呢?廋,隐藏。

离开。之后便是优哉游哉的春光。

我又咕噜一声歪倒,倏然浮上心头的是下面的句子:

> Sadder than is the moon's lost light,
> Lost ere the kindling of dawn,
> To travellers journeying on,
> The shutting of thy fair face from my sight.①

假如我苦苦思恋那银杏叶式发髻的女子,即将为见她而决心万死不辞之际见得这么一瞥,并为之欣喜、为之怅惘以至荡神销魂,那么我也必定写出如此意味的诗,而且可能补充这样两句:

> Might I look on thee in death,
> With bliss I would yield my breath.

所幸,我已经过了普通平常的恋啦、爱啦那种境地,就算想感受也感受不到那样的痛苦。不过,这一瞬间发生之事的诗趣已充分表现在这五六行之中。即使我不认为自己和银杏叶式发髻的女子的关系如这般要死要活,将其套用在这诗中也够有趣,或者用这诗意解释我们的身世也很开心。诗中出

---

① 英国作家乔治·梅瑞狄斯(George Meredith,1828—1909)模仿《天方夜谭》创作的小说《沙格帕的修面》(*The Shaving of Shagpat: An Arabian Entertainment*)中的诗。大意为:较之黎明天光前月光的消失,对于漂泊的旅人的我,你那娇美的面影从眼前消失更让我悲伤。接下去的两行大意为:假如死了能见到你,我将无比高兴地一死了之。

现的境遇一部分由于因果的细线而在两人之间成为事实，将两人捆在了一起。若线这般纤细，因果也不会成为痛苦。何况不是一般的线，而是横贯天空的彩虹，是野外迤逦的雾絮，是露珠闪闪的蛛丝。如要切断，即刻断开。观看之间美不胜收。而观看之间此线变粗而硬如井绳可如何是好？不存在那样的危险。我是画家，对方也不同于普通女子。

忽然，隔扇开了。翻身往入口一看，作为因果对象的银杏叶式发髻的女子站在门槛不动，手中托盘上放着青瓷碗。

"您还在睡？昨晚想必添麻烦了，打扰了好几次。呵呵呵呵……"对方笑道。畏缩的样子、躲藏的样子、羞赧的样子当然没有，只是抢先自己一步而已。

"今早谢谢了！"我再次致谢。想来，这次已是第三次就棉袍致谢了，而且都只说"谢谢了"三个字。

我刚要起身，女子一屁股坐来枕边：

"算了，躺着好了！躺着也能说话的。"她爽爽快快地说。

这成了什么样子！我心里想道。姑且趴下，双手支颐，臂肘往榻榻米上支了一会儿。

"估计你会觉得无聊，就把茶端来了。"

"谢谢了！"我又重复一遍。往糕点盘里一看，足够好的羊羹摆在上面。所有糕点之中我最喜欢羊羹。倒也不是特别想吃，但那珠滑玉润、细腻丰实的肌肤被光线照得半透明的状态，无论怎么看都是一件美术品，尤其略带青色的熬炼方式，宛如美玉和蜡石的混合物，看上去委实赏心悦目。不仅如此，盛在青瓷盘上的这青色的炼羹，宛如从青瓷中刚刚诞生一般闪着温润的光泽，恨不得伸手抚摸一下。西洋糕点给人如此快感的，一个也没有。奶酪的色调固然不无柔和，但多少有些沉闷滞重。果冻一眼看去仿佛宝石，但摇摇颤颤，不具有羊羹这样的重量感。至于白砂糖和牛奶制作的五重塔，简直一塌糊涂。

"唔，漂亮、漂亮！"

"源兵卫刚买回来的。这样子，您是可以吃的吧？"

估计源兵卫昨晚在城里住下了。我也没怎么回应，只顾看着羊羹。谁在哪里买的都无所谓，只要好看且觉得好看，别无他求。

"这青瓷的器形非常好，色调也无可挑剔，比之羊羹几乎毫不逊色。"

女子"噗噗噗"笑了，嘴角微微漾出轻蔑的涟漪，大概把我的话理解为打趣了。若真是打趣，活该遭受轻蔑。缺乏智慧的男人勉强打趣时每每这么说话。

"是中国的？"

"什么？"对方根本没把青瓷放在眼里。

"总好像是中国的。"我拿起瓷盘细看盘底。

"这种东西如果喜欢，给您看好了！"

"嗯，请一定让我看看！"

"我父亲特别喜欢古董，形形色色相当不少。我跟父亲说一下，找时间请您品茶！"

听得品茶，我有些惧怵，世上再没有比茶人更能装腔作势的了。把广大诗界煞有介事地拉条绳搞个小圈子，极为自尊地、极为刻意地、极为小气地、毕恭毕敬地喝那泡沫而自我感觉良好的,即是所谓茶道中人。如果那般烦琐的规矩之中有什么雅趣,那么麻布的联队①势必给雅趣折腾得透不过气。"向右转""齐步走"那伙人统统非是茶人不可。什么商人啦,艺人啦,一些全然没受过趣味教育的家伙分不清怎么做才叫风流,于是把利休②以后的规则机械性地囫囵吞枣,以为这大概就是风流,对真正的风流人反而不屑一顾——茶道耍的便是这种把戏。

"你说的品茶,就是有那种做派的茶道吧?"

"不不,做派什么的一概没有。那是若不喜欢,不喝也没关系的茶道。"

"既然那样,顺便喝喝倒也可以。"

"呵呵呵呵。父亲最喜欢请人看那些茶具。"

"不夸几句不合适的吧?"

"年纪大了,夸几句他会高兴的。"

"呃,多少夸两句好了!"

"多多益善,您委屈一下。"

"哈哈哈哈。我说,你说的话不是乡下的。"

"人是乡下的?"

"人还是乡下的好。"

"这让我脸上有光。"

"可你在东京住过吧?"

---

① 麻布的联队:当时东京的麻布驻有日本陆军第一师团第三联队,乃规矩严厉的显例。
② 利休:千利休(1522—1591),号宗易,安土桃山时期茶人,千家流茶道的创始人。

"嗯,住过。京都也住过。候鸟,到处住来住去。"

"这里和京城,哪个好?"

"一回事。"

"这么安静的地方,反而让人放松吧?"

"放松不放松,取决于心情。世界随着心情变,讨厌跳蚤国,搬去蚊子国也无济于事。"

"若是去跳蚤、蚊子都没有的国有多好!"

"如果有那样的国,拿来这里看看!快,快拿来嘛!"女子逼上前来。

"既然你要,就拿给你好了。"我拿起那本写生簿,画一个女子骑着马看山樱——因是兴之所至随手画的,当然不成其为画,只是三笔两笔勾勒心情罢了。

"喏,请进到这里面去!跳蚤、蚊子都没有。"我把画册捅到她鼻前。

不知是惊讶还是难为情,反正瞧那样子,不至于为之难受。我观察她的反应。

她扫了一眼,一口气说道:

"噢,没什么意思!那么窄小的地方,光是横宽,不是吗?喜欢那样的地方?简直是螃蟹。"

"哈哈哈哈……"我笑了起来。靠近房檐鸣叫的黄莺一下子变了声调,飞到远处树枝上去了。两人特意中止交谈,侧耳听了一会儿,一度失声的嗓子很难再叫。

"昨天在山上见到源兵卫了吧?"

"见了。"

"长良少女五轮塔可看了？"

"看了。"

"秋来雄花闪露珠，我身我情亦如露。"不知何故，女子随口道出歌词，一不解释，二无曲调。

"歌在茶馆听了。"

"阿婆告诉的吧？她本来在我家做工来着，我还没出嫁……"说到这里，打量我一眼。我佯作不知。

"那是我还年轻的时候，她每次来都把长良的故事讲给我听。只是歌词难记得很，但一遍遍听的时间里，终于原原本本背了下来。"

"怪不得知道不一般的事。不过歌是好可怜的歌啊！"

"可怜吗？若是我，才不唱那种歌呢！不说别的，投什么河呢，那有什么意思！"

"的确没什么意思。换上你，你怎么做？"

"怎么做？那还不容易！那个男的、这个男的，弄成男妾就是嘛！"

"双双？"

"不错。"

"厉害啊！"

"谈不上厉害，理所当然。"

"是的、是的，这样子，什么蚊子国、跳蚤国，都用不着自投罗网。"

"不像螃蟹那样憋屈也能活下去吧？"

"啾——啾啾——"，忘记鸣叫的黄莺，不知何时卷土重来，意外发出不合时宜的高叫。一度恢复过来，往下一路顺畅。黄莺身子反转，露出胀鼓鼓的喉结底端，把小嘴张得几乎裂开，一个劲儿鸣叫不止，"啾——啾啾——啾——啾啾——"。

"那才是真正的歌。"女子告诉我。

五.

"恕我冒昧,您到底是东京的吧?"

"看上去是东京?"

"看上去?一眼看上去……首先,听说话就知道的。"

"知道是东京哪里?"

"这个嘛,东京大得不得了啊!感觉不像是下町。山手?山手在麴町吧?哦,那么,小石川?不然就是牛込或四谷。"

"也罢,差也差不多少。知道的可不少啊!"

"别看我这样,我是江户哥儿①呢!"

"难怪这么爽快!"

"嗳,嘿嘿嘿嘿。谈不上!人嘛,到了这步田地,可就惨了哟!"

"怎么流落到这种乡下来了呢?"

"不错,如您所说,完全是流落。生活彻底没了着落……"

"本来是梳发店②老板吧?"

"不是老板,是匠人。哦?地点,地点是神田松永町。

---

① 江户哥儿:江户っ子,江户仔,江户哥儿,东京人。东京旧称江户。
② 梳发店:江户时期为男性梳发的专门店。

其实只是猫额头大小的脏兮兮的小街,您怕是不知道的。那里有座叫龙闲桥的桥吧?嗯?那东西也不知道?龙闲桥,很有名的桥。"

"喂,再帮我抹一点香皂可好?痛得不行。"

"痛?我么,神经质,如果不把剃刀刃朝上将一根根胡须楂都剜出来,心里就不安然。可现在的匠人呢,不是剃,而是揉摩。马上就好,再忍耐一下。"

"忍耐好一阵子了。求你了,再多抹点儿香皂!"

"忍无可忍了?不至于那么痛嘛!说到底,你的胡须实在长过头了!"

他不无遗憾地松开狠狠抓起脸颊肉的手,从板架上拿下一片薄薄的红色香皂,在水里稍蘸一下就往我脸上大致整个抹了一遍。很少被光溜溜的香皂直接抹到脸上,这且不说,蘸香皂的水是几天前打来存放的。想到这里,不由得打个寒战。

既是理发店,那么作为顾客的权利,我应对着镜子才是,然而我一开始就考虑放弃这一权利。镜子那玩意儿,若不是平整的并能平整地照出人脸来,则说不过去。倘挂的镜子不具备这一性质,而又强迫人家与之面对,那么必须说强迫的人一如蹩脚的照相师,故意损害对方的长相。摧毁虚荣心在修养上或许不失为权宜之计,却也不必把在下的脸弄得低于真实价值而侮辱说,这就是你的脸!此刻我不得不与之面面相觑的镜子从一开始就侮辱我。转看右侧,满脸都是鼻子;递上左侧,嘴巴裂到耳垂;仰面朝天,就好像从正面注视癞蛤蟆,五官被压得瘪平瘪平;约略低头,脑门儿向前探出,如同拜求福禄寿①的小儿。如此这般,面对镜子当中同一人必须兼任各种妖魔鬼怪。就算是我能姑且忍受所照自家容颜缺乏美术性,而若综合考虑镜子的构造、光色、剥落的银箔、通光状况等等,这玩意儿本身也奇丑无比。被小人谩骂时,谩骂本身自是觉不出痛痒的,但若必须在小人面前行止坐卧,任何人都难免不快。

况且这理发师并非普普通通的理发师。从外面窥看,但见他盘腿而坐,用长烟袋不断往日英同盟的国旗玩具上喷云吐雾,一副百无聊赖的神气。及至进来托其处理自家脑袋之时,不禁吃了一惊:剃头当中不知脑袋的所有权整个在对方手中,还是有一小部分留在我自己身上——其毫不留情的处理方式,足以让我不由得产生如此怀疑。即使我的脑袋牢牢钉在自家肩头,这样子也长久不了。

当他挥舞剃刀的时候,全然不解文明法则为何物。触及脸颊时啪啪作响,剃到鬓角时则动脉怦怦有声。利刃在下巴一带闪烁之际仿佛践踏霜柱咔哧咔哧发出诡异的动静,而本人却以日本第一高手自居。

最后要说的是他已酩酊大醉,每次唤我都有一股怪味儿,时不时把那臭气往我鼻梁喷来。瞧这情形,不知剃刀何时如何失误朝何处飞来。既然操刀的本人都心无章法,那么把脸交给他的我如何推测得出!毕竟脸已同意托付于他,若干轻伤本来无意抱怨,问题是万一他心血来潮削掉喉结什么的,那可

---

① 福禄寿:七福寿之一,特征是脑袋长,大脑门儿。

如何是好!

"要抹香皂沫儿刮胡子喽!手法固然不到火候,不过您的胡子也不是一般胡子嘛!"说着,他把那光溜溜的香皂一手扔去板架,香皂违背他的命令而滚向地面。

"贵客,好像没怎么见过您,是不是最近来的?"

"刚来两三天。"

"哦,住在哪里?"

"住在志保田家。"

"唔,是那里的客人,估计是那么回事。说实话,我也是奔那位老爷子来的。在东京住的时候,我就住他附近,那么认识的。好人啊,通情达理。去年夫人死了,眼下只摆弄老物件。听说有的好像非同一般,卖了,肯定卖好大一笔钱。"

"不是有个漂亮千金吗?"

"不让人放心啊!"

"指什么?"

"什么?在贵客面前才说,嫁出去又回来了。"

"是吗?"

"那可不是'是吗?'那么简单的事啊!说起来,本来是可以不回来的。银行关门了,好日子过不成了,就回娘家来了。情理上说不过去的嘛!老爷子总那样还好,万一有什么,可就走投无路了。"

"那是的吧!"

"那还用说。和老家哥哥,也关系不好。"

"有老家?"

"老家在山岗上。请去看看好了，风景很美的地方。"

"喂，再抹一遍香皂好吗？又开始痛了。"

"动不动就痛的胡须啊！太硬的关系。您这胡须，三天不刮就不成。如果我这剃刀都让您痛，不管去哪里都受不了的。"

"往下三天刮一次好了！如果方便，天天来都行。"

"打算逗留那么久？危险，赶快算了，有害无益！给不三不四的人缠上，不知会触什么霉头！"

"何以见得？"

"那个女子，模样不差，可实际上精神错乱。"

"为什么？"

"什么为什么？村子里的人都说她是疯子。"

"那怕有什么误解吧？"

"可确有证据。算了，大意不得。"

"我无所谓。不过有什么证据？"

"说起来很滑稽的。也罢，您吸支烟，慢慢聊好了。洗头吗？"

"免了。"

"至少把头垢除掉吧？"

理发店老板把积满污垢的十个指甲不管不顾地在我头盖骨上排开，前前后后径自开始迅猛运动。每一根头发都从根部分开，巨人钉耙以疾风速度在不毛之境左冲右突。我的脑袋上生有几十万根头发自是不知，反正所有头发从根到梢都被抓挠起来，剩下的地面整整鼓起一片蚯蚓似的肿痕。这还不算，其余威穿过地表而从头骨直捣脑筋，感觉就像脑震荡一般势不可当——他便是这样来回抓挠我的脑袋。

"怎么样,好受的吧?"

"铁腕出类拔萃。"

"哦?这一来,谁都畅快淋漓。"

"只差脑袋没掉。"

"就那么懒洋洋的?全是时令的关系。春天这个家伙啊,总是让人浑身乏力。也罢,吸支烟!一个人住在志保田家,没什么意思吧?来说说话好了!不是江户哥儿和江户哥儿之间,话是说不投机的。怎么样?还是那位小姐接待的吧?到底是个不着边际的女人,伤透脑筋。"

"那位小姐再怎么着,也不至于让人头皮横飞,脑袋险些掉了!"

"那倒是。咣咣啷啷的空水桶,说话根本不靠谱……结果那个和尚血冲头顶……"

"那个和尚,哪个和尚?"

"观海寺的火头僧……"

"火头僧也好,住持也好,和尚都还一个也没出场嘛!"

"是吗?太心急是不行的。是个长相端庄,懂得情事的和尚。跟您说,那家伙招架不住,终于写了情书。哦,且慢,找上门来着?不,情书,肯定是写情书。这么着……这一来……前后顺序总好像不大对头。唔,是的,到底是这样的。结果,那家伙吃惊不小……"

"谁吃惊了?"

"女的嘛!"

"女的收到情书吃惊了?"

"如果是能吃惊那样的女人,倒也可敬可佩,问题是根本谈不上吃惊。"

"到底谁吃惊来着?"

"求爱的那个嘛!"

"不是没有上门求爱吗?"

"噢,一着急,说错了,是接到情书之后。"

"那么说,到底是给女的喽?"

"哪里,男的。"

"男的,是那个和尚?"

"嗯,和尚。"

"和尚怎么会吃惊?"

"什么怎么?在大殿里正和师父念经,忽然蹿进一个女的……呵呵呵呵,无论如何都神经不正常吧?"

"后来呢?"

"既然那么可爱,就在佛前来一觉好了——说着冷不防搂住泰安君的脖子。"

"哦——?"

"魂飞魄散啊,泰安。给神经错乱的人塞了情书,又受了奇耻大辱,以致那天晚上偷偷寻死去了……"

"死了?"

"想死,没法儿活了。"

"这可怎么说!"

"就是嘛!对方鬼迷心窍,死了也唤醒不过来。所以,或者还活着也不一定。"

"实在太有意思了。"

"有意思啊,没意思啊,全村人整个笑倒。只有当事者本人从容淡定、满不在乎——毕竟神经错乱,当然像您这样镇定自若倒也罢了。不过对象到底是不同,开玩笑开得不对头,可要倒大霉的哟!"

"小心就是。哈哈哈哈。"

夹带咸味的春风从温乎乎的海滩轻轻吹来,懒洋洋掀起理发店的半截门帘。从帘下打斜穿过的燕子的身影一忽儿落进镜子。对面房子里,一个六十光景的老伯蹲在檐下闷头剥贝壳。喀哧,小刀每捅一次就有红色贝肉躲进笊篱,贝壳则一晃儿穿过两尺多的地气落往对面。堆得如小山一般高的贝壳是牡蛎?马鹿贝?马刀贝?塌落的一小部分掉进砂河底,从浮世的表面葬入幽暗的王国,而后马上有新的贝壳堆到柳树下。老伯甚至没工夫考虑贝壳的去向,兀自把空贝壳扔到地气上方。他的笊篱似乎无底承受,他的春日仿佛无限悠长。

砂河从不足四米宽的小桥下流过,将春水注入海滩那边。春水和春海碰头的那里,参差晾晒着渔网,让人怀疑是它把腥味和温煦给予穿过网眼吹往村子的和风。从中可以见到大海的颜色——看上去像要溶化钝刀似的从容不迫,此起彼伏。

这光景同理发店老板到底不相谐调。假如他的人格将强烈得足以同四周风光抗衡那样的影响给予我的脑袋,那么介于二者之间的我将深有圆凿方枘之感。所幸他并非那般伟大的豪杰。哪怕再是江户哥儿,脾气再大,也比不上这浑然骀荡的天地气象。力图通过喋喋不休来打破这种状况的理发店老板，早已化为一粒尘埃飘浮在怡然自得的春光中。所谓矛盾，只有存在于在力上、在量上，或者在意气和体魄上水火不相容且程度相当的物或人之间才能表现出来。而二者的间隔极为悬殊之时，矛盾很可能渐渐消泯，反而化为强大势力的一部分开始活动。是以才子作为伟人的手足活动，愚者作为才子的股肱活动，牛马作为蠢人的心腹活动。当下理发店老板正以无边春色为背景表演一种滑稽剧。本来有损春日闲适之感的他，反而刻意增添这一情韵。我不由得产生阳春三月亲近快活的弥次①那样的心情。这分文不值的牛皮大王乃是这充满太平气象的春日中一道最为谐调的色彩。

这么一想，觉得此人也可成为画，成为诗，以至本应告辞的时候仍故意稳坐不动，东拉西扯、谈天说地。这当口，一个小和尚头滑进门帘：

"对不起，给我剃一下好吗？"

小和尚身穿白布衣服，系一条同是白布的拧圆腰带，外面披着蚊帐一般粗糙的袈裟，看上去相当开朗。

"了念君，怎么样？近来东游西逛给师父训斥了吧？"

"哪里，夸奖了。"

"夸你跑腿办事路上逮到鱼了很了不起？"

"师父夸我说年纪轻轻就寻欢作乐，厉害厉害！"

"怪不得脑袋上鼓了个包。那么不三不四的脑袋，剃起来

---

① 弥次：弥次郎兵卫，江户后期滑稽剧《东海道中膝栗毛》中的出场人物，旅途中洋相百出。

很费事的,今天不成,下次捏弄平了再来。"

"捏弄平了就去比你这儿手艺好的理发店了。"

"哈哈哈,脑袋凹凸不平,嘴巴却横冲直闯。"

"手艺稀松平常,喝酒却无人可比,是你吧?"

"混小子,居然说我手艺稀松平常……"

"不是我说的,师父说的。别发那么大的火,一把年纪了!"

"哼,不像话!您说呢,贵客?"

"哦?"

"说到底,和尚那东西住在高高的台阶上,无忧无虑,自然学得能说会道,就连这小和尚都满口大话!噢,脑袋放低平些,低平些!不听话就割掉!知道吗?要出血的。"

"痛,别胡闹!"

"这点痛都忍受不了还能当和尚!"

"已经当上了。"

"还不够格。对了,泰安君怎么死了呢,小家伙?"

"泰安君根本没死。"

"没死?哦,应该是死了……"

"泰安君后来发奋图强,去了陆前的大梅寺,埋头修行,现已成了开悟名僧,可喜可贺!"

"什么可喜可贺?就算是和尚,也没有道理夜里逃跑吧?你嘛,要当心才是!动不动就坏事的女人……说起女人,那个狂印①到底找你师父去了?"

---

① 狂印:きじるし。神经错乱,神经病、狂人、疯子。

"没听说哪个女人叫狂印。"

"言语不通,你这个磨酱和尚①!去了,还是没去?"

"狂印没来,志保田家的姑娘倒是来了。"

"光靠和尚念经,再念也好不了的。全都是原先的夫君作祟。"

"那个姑娘了不起,师父常夸她。"

"一登上那台阶,凡事都拉横车,毫无办法。老和尚说什么都不管用,疯子就是疯子。好了,剃完了,快去找老和尚挨训去!"

"肯定夸我,我要多玩一会儿,好让师父夸我。"

"随你的便,油嘴滑舌的混小子!"

"咄,干屎橛②!"

"什么?"

青脑袋瓜早已钻出门帘,沐浴春风去了。

---

① 磨酱和尚:味噌擂。在寺院厨房打杂儿的底层小和尚。谩骂和尚用语。
② 咄,干屎橛:禅语。哼,臭东西。

六

傍晚，面对矮脚桌坐着。隔扇和拉窗全都大敞四开。旅馆人不多，房子又较宽敞。曲曲弯弯的回廊，把我住的房间同那边人不多且举止文雅的空间隔了开来，由于有几曲回廊相隔，甚至声响也不至于干扰思考。今天更加安静。主人、姑娘、女佣、男仆，仿佛全都不知何时弃我而去。弃我而去的地方，不可能是普普通通的地方，不是雾霭之国就是云霞之乡，或者在云水自然相接、舵都懒得掌的海面上漫不经心地随波漂流。漂流之间，漂到白帆与云水依稀莫辨的地方，最后白帆自己也不知如何同云水区分开来——想必退去了那般遥远的地方。若不然，就倏然消失在春光之中，以前的四大①此时化为眼睛看不见的灵气，即使借助显微镜之力，也无法在无边无际的天地间找出任何痕迹。或者化为云雀，在啼尽油菜花的黄色之后去了暮色苍茫、云絮迤逦的水边亦未可知；或者化为牛虻，整整忙碌长长的一天之后尚未吸足凝于花蕊的甘露即伏身于落椿之下香甜入睡也有可能。总之寂无声息。

---

① 四大：佛教用语，指构成所有物体的地、水、火、风四大元素，亦转指人体。

空落落穿过空落落院落的春风的行踪,既非对迎接之人的情义,又不是对拒绝之人的刁难,此乃自来自去的公平宇宙的意志。手托下巴的我,心也如所住房间一般空空落落,春风虽未应邀,也将无所顾忌地穿堂而去。

正因以为脚踏大地,才担忧脚下裂开。唯其知晓头戴长天,才生怕闪电在太阳穴炸响。倘不与人相争,便无立锥之地。因浮世如此相逼,故难免火宅之苦。作为住在有东西之分的乾坤,便不得不通过利害的钢丝。对于如此之人,现实爱情乃是仇敌。看得见的财富是土,握得住的名声和抢得到的名誉,一如耍小聪明的蜜蜂酿出的花蜜,看上去甘甜,却有它扔下的针刺。所谓快乐无不附着于物,故含有所有痛苦。但,诗人和画家因有所恃,因而能无限咀嚼这相对世界的精华,知晓彻骨彻髓的清趣,餐霞咽露,品紫评红,至死不悔。他们的快乐不附着于物,而是同化于物。而在同化于物之时,纵然找遍茫茫大地也找不见足以树立自我的余地。于是自在地放下泥团肉身,盛无限青岚于破笠之中。之所以擅自拈出这一境界,并非为了装神弄鬼吓唬市井铜臭竖子和刻意抬高自己,而仅仅为了陈述个中福音,引导有缘众生。如实道来即谓诗境,所谓画境也是人人具足之道。虽是屈指春秋、呻吟白头之徒,但回顾一生、依次点检所历荣辱之时,必能唤起微光曾泻臭骸、忘我拍手之兴。而若说不能,即是虚度此生之人。

但我不说唯有即一事化一物是诗人的感兴。有时化为一枚花瓣，有时化为一对蝴蝶，有时如华兹华斯①化为一丛水仙而让此心放纵于熏风之中，但有时候也会任凭四周风光劫掠我心，却又意识不到劫掠我心的是何物。有人说触得天地之耿气，有人说于灵台听得无弦琴，又或许有人徘徊于难知难解故而无限之域，而形容其为彷徨于缥缈之巷。无论说什么，俱是各人的自由。凭依紫檀木矮脚桌而茫然若失的我之心理状态恰恰如此。

我显然什么也不考虑，或者确实什么也不看。因为我的意识舞台没有东西以显著的色彩移动，所以不能说自己已同化于任何事物。然而我在动，没在世上动，也没在世外动，仅仅不由自主地动。不是为花动，不是因鸟动，不是对人动，只是恍惚动。

若硬要我说明，我想说自己的心和春天一起动，将所有的春色、春风、春物、春声混合在一起，使之变硬炼成仙丹，溶入蓬莱灵液。以桃花源的日光将其蒸发取得的灵气，不知不觉之间渗入毛孔，心在不知不觉之间充盈饱和。一般同化需要刺激，有刺激才有愉悦。我的同化，因为不明了和什么同化，所以毫无刺激。因为没有刺激，所以有窈然无可名状的快乐。这和风吹哗然浪起、轻薄喧嚣之趣不同，它可以被形容为从大陆到大陆，在目不可视、深不可测的海底运动着烟波浩渺的沧海，只是没有那样的活力罢了，但其中反而有幸福。伟大活力的发现，其中含有对于这活力迟早耗尽的忧虑。

---

① 华兹华斯：William Wordsworth（1770—1850），英国十九世纪浪漫主义诗人，诗作有《咏水仙》。

平常状态不伴有担心。比平常还淡的我的心之当下状态，不仅没有巨大活力是否耗尽的担忧，而且是脱离之无可无不可的平常心境。所谓淡，仅仅是难以捕捉之意，不含有过弱之忧。冲融、澹荡等诗人之语切实表达了这一境界。

我想，将此境界画入画中将会如何呢？肯定不会成为普通画。我们通俗称为画的东西，不过是把眼前的人事风光作为原原本本的状态或者经我等审美眼光过滤之后移植到画绢上的而已，以为只要花看上去是花，水映入眼帘为水，人作为人物活动，画之能事即告结束。假如在这上面出一头地，就会将自己感觉的物象赋以自己感觉的情趣，使之在画布上变得栩栩如生。这种技术家的主意，在于将某种特殊感兴寄托在自己捕得的森罗万象之中。因此，他们心目中的物象观若非明确迸发于笔端，便不能说是作画。而我，若非将如此这般的物象如此这般看待、如此这般感受，进而将其看法和感受立于前人篱下和受古来传统支配，而且，若非显示此乃自己主张的最为正确、最为美丽之物的作品，便不敢说是自家之作。

也许这两种创作家有主客深浅之别，但等到有外界明确的刺激之后才动手这点则双方不约而同。可是，现在我想画的题目并不那般分明。纵使发挥最大限度的感觉将其物色于心外，形之方圆、色之红绿自不消说，就连影之浓淡、线之粗细也难以辨析。我的感觉并非来自外界。即使来自外界，也不是确定的景物，所以无法指出原因而明示于人。有的东西只是心情。如何表现这心情使之成为画呢？不，问题是借以何种具象将这心情表现得让人心领神会。

普通画,即使没有感觉而只要有物象即可脱手。第二层次的画,物象和感觉两立并存即可。及至第三层次,存在的只有心境。作画无论如何都必须选择与心境相得益彰的对象。然而,这一对象不易出现。即使出现了也不易把握。即使把握了,有时也和自然界存在之物迥异其趣,因而在普通人眼里很难得到认同。就连作画的本人也不认为自然界的局部得以再现,而觉得只要感兴之余传达几分当下的心境,赋予恍惚迷离的氛围以些许生机即大功告成。在这至难事业上,古往今来不知有没有取得卓著功勋的画家。若列举在某种程度上可以跻身于这一流派的作品,有文与可①的竹,有云谷②门下的山水。其后有大雅堂③的风景,有芜村④的人物。至于西洋画家,大多注目于具象世界,而不为神往气韵所倾心。以此种笔墨传达物外神韵者,不知果有几人。

令人惋惜的是,雪舟⑤、芜村等极力绘出的一种气韵,委实过于单纯,且过于缺少变化。从笔力这点言之,很难与这些大家相提并论。而此刻我想作画的心境多少有些复杂。唯其复杂,故难以将感受收纳于一枚纸页之中。我不再支颐,在桌面上抱臂思考,但还是出不来。色、形、调子出来了,问题是必须画得让自己忽然认识自己:啊,自己的心原来在这里!好比为寻找生别吾子巡回六十余州而朝思暮想的某一天,

---

① 文与可:文同(1018—1079),中国宋代画家,工山水,尤以竹画闻名。
② 云谷:云谷等颜(1547—1618),安土桃山时期画家,画风豪放,富于个性。
③ 大雅堂:池大雅(1723—1776),江户画家,画风自成一格。
④ 芜村:与谢芜村(1716—1783),江户中期俳人,亦以画家知名,与池大雅并称为南画大家。
⑤ 雪舟:1420—1506,室町时期画家,明代曾赴中国留学三年,水墨画独辟蹊径。

在十字街头不期而遇，于迅雷不及掩耳之间心想"啊，原来在这里"——非这么画不可。很难。只有出来这一势头，别人看了说什么都无所谓。即使斥责不是画也别无怨恨。假如色调的调和能够代表这一心境的一部分，线的曲直足以表现这一气势的几分，整体构图堪可传达这一风韵的若干程度，那么诉诸形的，无论是牛是马，乃至是牛也好，是马也好，什么也不是的也好，都不嫌弃。尽管不嫌弃，却怎么也画不出来。我把写生簿置于桌面冥思苦索——眼珠险些掉进纸页里，依然一无所获。

放下铅笔思考。想要把这般抽象的兴趣画成画本身就是个错误。人差别不大，多数人身上肯定有触发与自己同样感兴的东西，并尝试以某种手段将这感兴永久化。果真尝试，其手段会是什么呢？

忽然，音乐二字赫然闪入眼帘。不错，音乐是在这种时候迫于这种需要产生的自然之声。我这才意识到音乐是应该听、应该学的东西。不幸的是，对于那方面的消息我一窍不通。

其次，能否成为诗呢？我试着踏入第三层次。记得莱辛[①]那个人似乎把以时间过程作为条件发生的事件视为诗的领域，确定了诗画各所不一这一根本定义。这样看待诗，我刚才急于表现的境界也似乎不是诗所能胜任的。我感到欣喜的心境中或许有时间，但没有理应沿着时间河流次第展开的事件。我并非由于一去二来，二消三生而感到欣喜，而一开始就为

[①] 莱辛：Gotthold Ephraim Lessing（1729—1781），德国诗人、剧作家、批评家。

扑朔迷离而同时又能掌控的妙趣乐不可支。既然能同时掌控，那么纵然译之为普通语言，也未必需要时间性安排材料，仍然只要像绘画那样空间性配置景物即可。问题是将何情何景纳入诗中来描写这廓然无依的状况。既然将其捕获在手，那么即使不遵从莱辛之说，作为诗也能成功。荷马①怎么样，维吉尔②怎么样都无所谓。如果适于表现一种情调（mood），则情调即使不受时间制约，不依赖依次推进之事件的帮助，而只要单纯满足空间性绘画条件，那么也能以语言描绘出来。

议论怎么都无妨。拉奥孔③等等，差不多忘了，如若细查，自家想法也许变得匪夷所思。总之，画作不成就尝试作诗——我把铅笔按在写生簿上，前后摇晃身子。好半天都很想把笔的尖头部位动一动，却只是想，全然没能动。感觉就像陡然忘了朋友名字——名字都来到嗓子眼了，偏偏不肯出来，只好作罢，欲出未出的名字随即落回腹底。

搅拌葛粉汤时，最初沙沙拉拉，筷子没有触感。而忍耐一会儿，就渐渐出了黏性，搅拌起来有些费力。如果不管不顾地不停筷继续搅动，接下去就很难搅动了，结果锅里的葛粉汤无须强求便争先恐后附到筷子上。作诗正是这么回事。

无着无落的铅笔开始一点点移动，如此得势二三十分钟后，写出以下六句：

---

① 荷马：Homer，约公元前九世纪古希腊诗人。相传是史诗《伊利亚特》《奥德赛》的作者。
② 维吉尔：Virgil（前70—前19），古罗马诗人，以史诗《埃涅阿斯纪》闻名。
③ 拉奥孔：Lāokōon，希腊神话中的特洛伊王子阿波罗的祭司。因识破希腊人的木马攻城计，他和他的两个儿子被女神雅典娜派巨蛇缠死。

> 青春二三月,
>
> 愁随芳草长。
>
> 闲花落空庭,
>
> 素琴横虚堂。
>
> 蟏蛸挂不动,
>
> 篆烟绕竹梁。

重读之间,似乎句子皆可入画。早知如此,一开始就作画多好!为什么作诗比作画容易呢?作到这里,往下似可一挥而就。但我想把不能作画的情愫接着吟咏一番,左思右想,抓耳挠腮,终于得句如下:

> 独坐无双语,
>
> 方寸认微光。
>
> 人间徒多事,
>
> 此境孰可忘。
>
> 会得一日静,
>
> 正知百年忙。
>
> 遐怀寄何处,
>
> 缅邈白云乡。

从头到尾重读一遍,读出些许情趣。不过若写的是自己刚刚进入的佳境,那么就有些兴味索然。顺便再作一首好了!我手握铅笔,漫不经心地往入口一看,隔扇开了,那三尺宽的空间翩然闪过美丽的身影。哦？

当我转眼看门口时，倩影已有一半被隔扇遮挡住了，而且似乎在我看见之前就有了动静，此刻稍纵即逝。我不再作诗，盯视门口。

一分钟还不到，身影又从相反方向闪了出来，一个身穿宽袖和服的高挑女子悄无声息地沿着对面檐廊悄然独行。我不由得丢下铅笔，将从鼻子吸入的空气陡然屏住。

樱花时节微阴的云空正一刻刻从高处压来，暮色即降临。宽袖和服倩影轻轻走去暮色迫近的栏杆，又轻轻折回。我从客厅隔着十多米宽的中庭，目睹她在滞重的空气中怅怅地时隐时现。

女子概不出声，目不转视，走得十分安静，静得就连裙裾在檐廊里拖曳的声音也无从听得。从腰部往下有颜色陡然一闪，至于裙裾花纹染的什么图案，则远远看不清楚。只是觉得，素地与花纹相连的部位自然模糊下来，仿佛昼夜的分界线，女子原本就在分界线上走来走去。

她身穿长袖和服要在这走廊里来来回回走多少次，我自是无从知晓。就连她是从什么时候开始以这匪夷所思的打扮开始这匪夷所思的行走的，我也浑然不觉。至于其用意，更是无由得知。将如此莫名其妙的景况如此郑重、如此肃然、如此不屈不挠地周而复始之人的身影在门口忽而消失、忽而出现——目睹此情此景的我的感觉，委实异乎寻常。倘是诉说伤春之情，那么何以如此旁若无人？既然旁若无人，那么何以如此身着盛装？

天色向晚，春色缠绵。少顷，门外暮色沉沉，其间闪烁的光彩，莫非是衣带斑斓的金色？光鲜亮丽、忽来忽往的丝织品被包笼在苍茫的暮色中，一分又一分往寂寥的彼岸、辽远的境地消隐而去，颇有满天璀璨的春星沉入黎明前深紫色穹隆深处之感。

太玄之阖①自行打开，即将把这华丽的姿影吸入幽冥之府②的时候，我产生了这样的感觉：理应背依金屏，面对银烛，朗声吟咏"春宵一刻值千金"的盛装女子，既无厌烦的神色，又没有抗争的表现，而从色相世界渐渐淡去。从某一点看来，此乃是超自然情景。透过时刻逼近的暗影看去，女子似乎肃然淡然，不焦躁，不狼狈，以同一程度的步调于同一地方徘徊不已。假如不知晓头上降临的灾祸，可谓纯真之至；如果知晓而不认为是灾祸，委实非同一般。想必正因为黑暗的地方是其本来的居所，那一时的幻影即将被纳入原来的冥漠之中，她才以如此娴淑姿态逍遥于有无之间。而当女子身上宽袖和服的缤纷花纹彻底消失而融入不容分说的墨黑夜色之时，其本来面目自会隐约显露出来。

此外还有这样的感觉：美人一旦开始美睡，就无暇从中醒来。当她就那样在幻觉中停止这人世的呼吸之时，在枕边守护的我们的心情应该很不好受。倘若痛苦万状地死去，没有生存意义的本人自不消说，在旁边看着的亲人也可能索性心想杀死才是慈悲。然而，甜甜入睡的幼儿有什么过错非死不

---

① 太玄之阖：天上的门，天门。
② 幽冥之府：大地深处的黑暗世界，冥土。

可呢？假如在安睡中被领去阴曹地府，那无异于在其没有死亡的心理准备期间突然终结一条宝贵的生命。既然终有一死，那么最好还是让对方明白死乃在劫难逃，使其死心塌地，并为其念佛。在尚未具备应死条件之时而只有死之事实确凿无误，那么较之反复出声念"阿弥陀佛"祈冥福，莫如用那声音将已然踏进另一世界之人尽力召回为好。对于尚未从小睡状态转入长眠的本人来说，被召回来也许像是硬要自己连接刚刚断开的烦恼之索，为之感到痛苦。很可能心想：求你发发慈悲，就别召回了，让我安睡吧！尽管如此，我们仍想召回。如果女子身影再次出现在门口，我一定招呼一声，把她从半睡半醒之中解救出来。然而当我一眼看见那身影如梦幻一般倏然闪过三尺宽的空间时，却又觉得好像开不了口。下次必定！刚刚下定决心，女子又轻快地一晃而过。为什么又没能说出口呢？如此思考那一刹那，女子再次通过。看那样子，女子一丝一毫也没在意这边有人窥看，没在意那个人为自己何等焦躁不堪。从一开始就没对我这样的存在有什么顾忌，既没厌烦也未必有不忍。此其时也！正这么想着，忍无可忍的云层将无法担负的雨丝悄然洒落下来。女子的身影被雨萧萧封住。

七

冷。我拎着毛巾走去下面的浴池。

在三张榻榻米大的房间脱掉衣服，往下迈四级台阶，来到八张榻榻米大小的浴池。这地方似乎石头绰绰有余，池底满满铺着花岗岩，正中间挖出大约四尺深的凹坑，放有豆腐铺里的那种浴槽。虽说是槽，但同样是用石头砌的。既然名为矿泉，那么理应含有各种成分，但因为颜色是纯透明的，进去感觉很舒服。我甚至不时把水含入口中，别无异味。据说对治病有效，但因为没打听，不知道对什么病有效。我本来就没什么毛病，脑袋里从未浮现出"实用价值"四个字。每次下水想起来的只是白乐天的诗句："温泉水滑洗凝脂。"每次听得温泉一词，心情必像此句表现的那般愉快，同时思忖：不能让人产生这种心情的温泉，作为温泉毫无价值可言。此外概无理想的温泉标准。

整个下水后，水淹到乳房。泉水从哪里涌出自是不知，反正总是漂漂亮亮地溢出槽沿。春日的石头不等干就被浸湿，暖暖的，脚踩上去，心里充满温馨和欣喜。正下的雨悄然掠过夜幕，不声不响地滋润着春天。房檐的雨滴渐渐密集，啪嗒啪嗒传来耳畔。蒸蒸腾腾的水汽从地板向天花板弥漫开去，稍出现空隙就赶紧钻入，再细的小孔也不放过。

秋雾隐隐生凉，云霞悠悠透迤，炊烟青青升腾，我把无常的形体托付给万里长空。尽管有种种样样的哀愁，但至少春夜的温泉水汽温柔地包笼着浴者的肌肤，让我怀疑自己是古代之人。挥之不去的水汽倒也不至于浓得几乎看不见眼前物象，却也没有淡如轻纱，只要捅破一层，即可毫不费力地看见下界的人和我自己。捅破一层，捅破两层……无论捅破多少层，脸也不会从这水汽中露出，温暖的彩虹从四周将我一个人笼罩起来。虽有醉酒之说，但迄未听得醉烟之语。若有，于雾当然不能用，于霞也嫌勉强。我觉得，唯独将此霭冠以"春宵"二字始得妥当。

我仰面头枕浴槽边缘，让这清澈泉水中的轻盈身体尽可能漂去阻力少的地方。漂呀、漂呀，灵魂仿佛水母飘飘忽忽。人世若是这般感觉可就太开心了。打开分别之锁，拔除执着之栓，悉听尊便！只管在这温泉中与之彻底同化，再没有比漂流物更无生存痛苦的了。如果能把灵魂也付诸漂流物中，那比成为基督弟子还值得庆幸。不错，如此考虑起来，土左卫门[①]是风流的，记得斯温伯恩[②]的一首什么诗写过一个女子在水底溺死的欣喜之感。以此观之，我向来为之忧心忡忡的米莱斯的奥菲莉亚也相当美丽。以前我不理解他何苦选择那般

[①] 土左卫门：成濑川土左卫门，江户时期力士，肤白体肥，如溺水之人，后转指溺水者、淹死者。
[②] 斯温伯恩：Algernon Charles Swinburne（1837—1909），英国诗人、批评家，诗风热情奔放，富于韵律美。

不快的题材，原来那到底是能入画的。浮在水面或沉入水下，抑或时沉时浮——以那自然而然的姿态尽情随波逐流的样态，必是美的无疑。这样，只要选取两岸五颜六色的花草使之与水色、随波逐流之人的脸色、服色取得优雅的平衡，笃定成为一幅画。不过，如若随波逐流之人的表情过于平和，势必近于神话或寓言。痉挛式痛楚当然要毁掉全副精神，而若纯然一张没有情欲、满不在乎的面孔，也传达不出人情。画怎样的面孔才会成功呢？米莱斯的奥菲莉亚也许是成功的，但其精神是否和我同在一处则可怀疑。米莱斯是米莱斯，我是我。我想以我的兴味画一下风流的土左卫门，然而设想中的面容总好像很难浮上心来。

浴池中漂浮的我，这回作了一首土左卫门赞歌：

> 下雨了会不会淋湿？
> 下霜了会不会发冷？
> 泥土里会不会黑暗？
> 浮起来就在波上，
> 沉下去即为浪底。
> 若是春水，当不足虑。

正当我一边口中低吟，一边漫然漂浮之间，某处传来弹三弦的声音。被人称为美术家尚且诚惶诚恐，而乐器方面的知识，其实更是少得好笑。第二弦声高也罢，第三弦声低也罢，我的耳朵从未受其影响。不过，在这寂静的春夜，甚至雨也能助兴。何况在这山村浴池中一边任灵魂漂浮于春之温泉，一边似听非听地听远处三弦曲，实在觉得欣喜莫名。至于远处唱的什么、弹的什么，当然无由得知，其中总好像有某种情趣。从音色的优雅沉稳来推断，可能是京都的检校①所弹地方歌谣时使用的太棹②。

小时候，家门前有一家名叫万屋的酒馆，那里有个叫阿仓的姑娘。安静的春日，每天一到偏午时分，这阿仓必定练唱三弦曲。每次开始练唱，我都到院子里去。前面隔着十多坪③茶园，客厅东侧排列着三棵松树，松树是树围一尺多的大树。有趣的是，三棵凑在一起，树形才别有情致。每当看见这松树，即使是小孩子也觉得心旷神怡。松树下有个生锈发黑的铁灯笼立在一块不知名的红石头上，什么时候看都像是顽固不化的老脑筋阿爷端坐不动。我非常喜欢细看这灯笼，灯笼前后满是深色青苔，从中冒出来的不知名的春草以不知浮世之风的神气独放其香、独享其乐。我在这草地上找出一块仅能容膝的位置一动不动地蹲着，此乃我那时的习惯。在这三棵树下盯视这铁灯笼，闻这草地的清芬，同时听远处传来的阿仓的三弦曲，是我当时每天必不可少的"功课"。

阿仓想必也要送走红头巾④时代，将一张为生计所累的疲惫面孔暴露在账房里。不知道她和丈夫是否情投意合，不知道燕子是否年年归来，嘴上衔泥匆匆劳作，无论如何我也无法

---

① 检校：室町时期官方授予男性盲人的最高职位（职称）。
② 太棹：用于"义太夫小调"伴奏的三弦。
③ 坪：日本土地面积单位，1坪约合3.3平方米。
④ 红头巾：赤い手络，日本当时风俗，新婚妻子头扎一块红布。

把燕子和酒香从想象中分离出去。

三棵松莫非仍以好看的姿势留在那里？铁灯笼肯定已经坏了。春草会记得往日蹲着的人吗？就连那时也过于沉默寡言的人，现在见了不可能相识。阿仓每天唱的那句"游子身穿悬铃衣"①，也不敢说自己仍然记得。

那三弦声在我眼前展开一幅全景立体画，我站在令人怀念的往昔面前，彻底回归二十年前的那个年幼无知的小男孩——正当这时，浴池门忽然闪开。

有人来了！我身体依然浮在水面，只把视线投去门口。因为我头枕距门口最远的浴槽边缘，所以向下通往浴槽的台阶隔有两丈远斜着闪入我的眼帘。但朝上看的我的眸子还是一无所见，好一会儿只有四周房檐的雨滴声传来耳畔。三弦不知何时已经停止。

少顷，台阶上有什么出现了。照着宽大浴场的只有一盏不大的吊灯，以这个距离，空气再清澄也很难看得真切。何况蒸蒸腾腾的热气在细密雨滴的压抑下已失去逃路，就更难断定何人出现在今晚的浴场。若非走下一级而踏上两级时迎面对着下射的灯光，是男是女都认不出来。

黑乎乎的人影往下移了一步。脚下的石板看上去如天鹅绒一般柔软，倘依据足音判断，说没有移动也无妨，但轮廓约略浮现出来。我毕竟是画家，视觉对人体骨骼分外敏感。当无从判断的存在再动之时，我得知这浴场有我和女人两个人。

---

① 游子身穿悬铃衣：三弦曲《劝进帐》开头一句。

提醒还是不提醒呢?漂浮着思考之间,女子身影早已整个出现在我面前。在那柔和的光线因每一分子都含有四下弥漫的热气而呈现为温馨浅红色的浴场深处,但见飘散的秀发如流云一般散开,苗条的后背尽情伸展无余——目睹如此女子身姿之时,什么礼仪啦、规矩啦、风化啦等感觉统统离开我的脑袋,只剩下一个念头:自己发现了娇美的画题!

古希腊雕刻倒也罢了,每当看见当今法国画家视为生命的裸体画的时候,由于力图将赤裸裸的肉体之美画得穷形尽相的痕迹触目皆是,以致总觉得有些缺乏气韵——这种心情迄今一直弄得我苦不堪言,但也只是每每斥之为下品。至于何以是下品则不理解,故而只能回答我不知晓,进而为求其解而烦闷至今。若遮蔽肉体,则美丽存在隐而不见;倘不遮蔽,则沦为下流。所谓今世裸体画,只在不遮蔽的下流上面穷尽技巧。如若仅仅如实描绘剥衣之姿,未免意犹未尽,而竭力将裸体推向衣冠之世。忘记着衣乃人世常态,试图赋裸体以所有功能。原本十分足矣,却要十二分、十五分无限向前推进,百般强调此乃裸体之感。当技巧登峰造极之时,势必强加于观者,于是人皆予以鄙视。对美人美物一再急于表现其美,结果反而减却美的程度,此即一例。人事也不例外,故有"满招损"之谚语。

放心①与无邪指的是余裕。于画、于诗或于文,余裕无不是必须条件。今世艺术的一大弊病在于所谓文明潮流胡乱驱

---

① 放心:此处意为不受任何制约的自由之心,心无挂碍。

使艺术之士，使之变得蝇营狗苟、龌龊不堪。裸体乃其显例。都市有艺妓，以卖色献媚为生意。面对嫖客时，除了在意自己的姿容如何映入对方眸子，就再也做不出任何表情。每年所见沙龙目录，俨然艺妓的裸体美人充斥其间。他们不仅一分一秒也忘不得自己的裸体，而且竭尽全力将自己的裸体展示给观者。

此刻我面前出现的娉娉婷婷的身姿，一丝一毫也不带有遮蔽尘俗眼珠之物。那一举脱去常人缠身衣裳的举止，已然堕入人界。那举止一开始就自然而然，足以将不知应着之服、应挥之袖为何物的神话时期的形象唤来云间。

笼罩浴场的热气在无孔不入之后，仍喷涌不止。春夜灯光随之隐约扩散，满目虹霓浓墨重彩、摇摇颤颤，看上去黑乎乎一团的秀发变得依稀莫辨，唯独雪白的身姿从云层底端逐渐浮现出来。且看那轮廓！

秀发从两侧轻拂玉颈，轻松自如地滑向双肩的线条是那般丰盈、那般圆滑，其末梢想必分为五指。圆鼓鼓浮出的一对乳房的下面，刚刚后退的水波又顺势折回，将小腹的丰腴安然展示出来。丰腴张力向后释放，从其力尽之处，两分的雪肌为保持平衡而约略前倾。反向承之的双膝这回重新竖起，长长的起伏抵达两踵之时，扁平的双脚将所有的藤葛轻轻拨去脚底。人世间再也没有比这更复杂的配合，再也没有比这更谐调的配合，再也找不出比这更自然、更柔和、更顺畅、更轻松的轮廓。

而且，这一形象并未像普通裸体那样赤裸裸闯到我的眼前,而只是将其若隐若现地置于虚无缥缈的神秘氛围中,使得赫然入目的美变得古朴优雅、扑朔迷离,好比将片鳞只爪点缀于淋漓酣畅的泼墨之间,将虬龙妖怪想象于笔锋之外,从而具备了以艺术角度观之无可挑剔的气韵、温馨与冥邈的氛围。如果说将六六三十六片龙鳞仔细绘出未免沦为笑谈,那么模模糊糊观赏一丝不挂的肉体自有令人神往的余韵。值此轮廓落于眼帘之时,那样子就像逃离桂都的月宫嫦娥在彩虹追兵的包围下一时不知所措。

轮廓逐渐白莹莹浮现出来。只要向前踏出一步,终于逃离的嫦娥即可堕于俗界——就在我这么想的刹那间,绿发如劈波斩浪的灵龟尾巴一般卷起阵风,纷然披散开来。团团旋转的烟雾随之裂开,雪白的身影跳上台阶。"呵呵呵呵",女子尖锐的笑声在走廊四下回响,将安静的浴场渐渐抛去身后。我咕嘟呛了一口水,在浴槽中伫立不动,惊起的波浪拍击我的胸口,溢出槽沿的泉水哗哗发出响声。

八

主人请我品茶，另有一僧一俗：僧人是观海寺的和尚，名叫大彻；俗人是二十四五岁的年轻男子。

老人的房间位于沿我房间走廊向右走到底，再往左拐的尽头处，约有六张榻榻米大小，宽大的紫檀矮脚桌安放在正中间，比预想的逼仄。再看让我坐的座位，没有坐垫，铺一张花毯代替，当然产自中国。花毯中央围出一个六角形，织有奇妙的房子和奇妙的柳树。外围是近似铁青的蓝色，四角阴文染出褐色圆圈，饰以唐草①花纹。我猜测在中国是铺在客厅地上的，而这么用来代替坐垫，看上去也颇有情调，一如号称印度丝绸、波斯挂毯等物在不无傻气之处有其价值，这花毯也在显得大气之处有其雅趣。不仅仅花毯，大凡中国器物无不异乎寻常，无论如何都只能认为是古朴而有耐性之人发明的。注视之间，那恍惚忘我之处令人敬畏。日本则以投机取巧的态度制作美术品。西洋呢，大而精细，却怎么也去不掉庸俗气——我这么想着坐下身来。年轻男子和我并坐，占了花毯

---

① 唐草：中国（唐）式花草图案。

的一半。

和尚坐在虎皮上,虎皮的尾巴从我膝旁伸过,头则垫在老人臀下。老人就好像把头发统统拔除移植到两颊和下颚,白胡须乱蓬蓬长势茂盛。他小心翼翼地把茶托里的茶碗摆在桌面上。

"家里好久没来客人了,今天就想待以茶道……"说着,老人往和尚那边看去。

"啊,谢谢招待!我也有些日子没问候了,今天正想来看看。"和尚说道。他年近六十,长着一副草草几笔勾勒出的达摩圆脸,看样子平时和老人很熟。

"这位是客人吧?"

老人一边点头,一边从朱泥茶壶往茶碗底分别滴出两三滴含绿的琥珀色玉液,似有清香微微袭来鼻端。

"穷乡僻壤,一个人够寂寞的吧?"和尚马上向我搭话。

"啊哈。"模棱两可的回答。若说寂寞,乃是虚伪;若说不寂寞,又颇费唇舌。

"哪儿话,高僧!这位是来作画的,好像忙着咧!"

"噢,是吗?那好!也还是南宗派①吧?"

"不是的。"这回我明确回答。若说是西洋画什么的,和尚可能不懂。

"呃,是那种西洋画。"老人以主人角色替我回答一半。

"噢——西洋画!那么说,就是你久一君画的那种喽?最

---

① 南宗派:王维开创的一个水墨画流派,亦称南画、文人画。江户中期传入日本,以池大雅、与谢芜村最负声望。

近我才见得,画得相当漂亮,是吧?"

"哪里,没有意思的。"年轻男子这时终于开口。

"你这家伙给老法师看了?"老人问年轻人。无论从语言上,还是从态度上看,两人都像是亲戚。

"哪里,不是请老法师看的,是我正在镜池写生的时候被老法师发现的。"

"唔,是这样! 好了,茶沏好了,来一碗!"老人把茶碗放在每人面前。虽然茶的分量不过三四滴,但茶碗相当不小,土墙色①底子施以赭红色、浅黄色。画很蹩脚,一时看不出是画还是纹路,抑或鬼脸模样,画得满碗都是。

"杢兵卫②的。"老人简明扼要。

"这个有意思。"我简要赞道。

"杢兵卫好像赝品很多。看一下碗底,有款识的。"老人说。

我拿起来对着纸拉门那边看,门纸上暖暖地映出盆栽兰叶的影子。弯下脖子细看,看出是小小的"杢"字。我虽不认为款识在鉴赏上多么重要,但据说好事者十分在意。我没把茶碗放下,直接递到嘴边。将浓浓的、甜甜的、不凉不热的、沉甸甸的玉露一滴滴掉在舌尖上品尝,乃是闲人适意的风流韵事。普通人以为茶是喝的,那是误解,应该啪嗒一声滴在舌头上,使之清香四溢,避免直下咽喉而仅仅让馥郁的气味

---

① 土墙色:生壁色,土墙干后的原色,深灰,泛蓝。
② 杢兵卫:青木木米(1767—1833),江户末期京都陶工,有茶碗名作存世。曾师从池大雅,亦有书画作品。

从食管整个沁入胃中。用牙则鄙俗。水太轻,玉露则太浓,此乃脱离淡水之境而无须下颏之劳的恰到好处的饮料。倘有人抱怨睡不着觉,我就想劝其用茶,即便睡不着觉。

不觉之间,老人拿出青玉馃子盘。把一大块玉挖得这么薄、这么中规中矩的匠人手艺,足以让人惊讶。对光看去,春天的日影射满整个盘子,仿佛射下后再也无处可去了。盘内以空无一物为宜。

"贵客称赞了青瓷,所以今天就想让你再看一件别的,已经拿出来了。"

"什么青瓷……唔,是那馃子盘?那个么,我也喜爱。对了,西洋画是不能画隔扇什么的吧?如果能画,想求你画一幅。"

若有此要求,也不是不能画,只是不知道能否让这和尚中意。好不容易画出来,若给他说西洋画不行,等于白忙活一场。

"对,隔扇怕不合适。"

"是不合适吧!跟你说,像近来久一君画的,可能有点儿太时髦了。"

"我的不行,简直是恶作剧。"年轻人有些羞赧,一个劲儿表示谦虚。

"那个叫什么的池子在哪里呢?"出于慎重,我向年轻人问道。

"观海寺往后一些的山谷里,是个幽邃的场所。其实在学校的时候学过画,就为了消遣试了试。"

"说起观海寺……"

"说起观海寺,就是我在的地方。大海尽收眼底……逗留期间请来看看!其实离这里也就五六百米远。从那走廊,喏,能看见寺院石阶吧?"

"迟早打扰一下可以的?"

"当然可以,随时都在。这里的千金也来的。说起千金,今天那美好像没出来……怎么回事,老先生?"

"去哪里了吧!久一,没去你那里?"

"没有,没看见。"

"又是一个人散步?那美脚力强得很。前不久因为法事去了砺井,在姿见桥那里觉得有人很像,结果真是那美!掖起衣后襟,脚穿草鞋,问我晃晃悠悠往哪里去,听得我猛然吃了一惊,哈哈哈。我问那么一副打扮到底去哪儿了。她说,刚去采芹菜回来,也给你一点儿吧!说着,忽一下子把上下全是泥的芹菜往我袖口塞来,哈哈哈哈……"

"这可真是……"老人苦笑了一下,旋即起身,"其实是打算让您看看这个。"再次把话岔到古物上来。

老人从紫檀书架上毕恭毕敬取下一个古旧的花缎袋子,看上去似乎有些重量。

"老法师,这个可给您看过?"

"什么呀,到底?"

"砚。"

"哦,什么砚?"

"据说是山阳①的珍藏……"

"噢——这还没见到。"

"带有春水②换的盖子……"

"这也好像未见。啧啧!"

老人不胜怜惜地解开缎袋口,一块小豆色四方石器闪出一角。

"好色调啊,端砚?"

"端砚。有九个鸲鹆眼。"

"九个?"和尚显然大受触动。

"这是春水换的盖子。"老人出示用绫子包的薄盖,上面以春水字迹写有七言绝句。

"果然。春水写得好、写得好。不过书法方面杏坪③上乘。"

"还是杏坪更好吧!"

"山阳像是最差。才子型,有俗气,了无情趣。"

"哈哈哈,老法师您讨厌山阳,所以今天把山阳的挂轴换了下去。"

"果真!"和尚回头看去。壁龛下面的平台擦得镜面一样干净,除掉锈气的古铜瓶里插着两尺高的木兰花。挂轴以带底光的古锦精心装裱而成,这是物徂徕的大幅书法。虽不是绢质,但因为多少有了年代,字的巧拙另当别论,看上去纸色

---

① 山阳:赖山阳(1780—1832),江户末期儒学家,主要著作有《日本外史》。诗画也自成一家。
② 春水:赖春水(1746—1816),江户末期儒学家,山阳之父,有诗文存世。
③ 杏坪:赖杏坪(1756—1834),江户末期儒学家,赖春水之弟。

与用料相得益彰。在织工上,古锦也不见得有多么优雅,但因彩色褪了,金线下沉,华丽之处藏而不露,古朴之处水落石出,所以感觉恰到好处。焦褐色砂土墙壁上,白象牙轴分外显眼,直挺挺朝两侧伸出。除了眼前这枝木兰花翩然浮现出来以外,壁龛整体情致过于古雅,莫如说近乎抑郁。

"是徂徕吧?"和尚转过头来说。

"虽说徂徕您也未必喜欢,但总比山阳好吧?我想。"

"徂徕遥遥领先。享保年间的学者,就算字糟糕,某处也自有品位。"

"若称广泽①为日本书法家,则我仅见绌于汉人——这么说的是徂徕吧,老法师?"

"我不知晓。也并非值得那么狂妄的字,啊哈哈哈。"

"不过,老法师您是跟谁学的呢?"

"我?禅宗和尚一不读书,二不习字。"

"可是,总要跟谁学吧?"

"年轻时候多少练过高泉的字,如此而已。尽管这样,若有人相求,随时都写。啊哈哈哈。好了,把那端砚给我看一眼。"和尚催促。

终于除掉缎袋,一座视线尽皆落在端砚上面。厚度几近二寸,比常规砚厚了一倍。四寸宽六寸长的幅度大体不妨说不出常规。盖子用的是打磨成鳞片状的松树皮,上面用朱漆写着两三个莫名其妙的字。

---

① 广泽:细井广泽(1658—1735),江户中期儒学家。对朱子学、阳明学尤有研究,亦精通天文与兵法。作为书法家也见称于世。

"这盖子,"老人说,"这盖子不是一般的盖子。如您所见,固然是松树皮……"

老人的眼睛看着我。不过,无论这松树皮盖子有什么说道,作为画家的我也很难佩服。

"松树盖有点儿俗啊!"我说。

老人险些怒形于色似的抬起手来。

"如果只说松树盖,说俗也俗,但你看这是什么!这是山阳在广岛居住时把院子里长的松树剥了皮亲手制作的。"

我心想难怪山阳是个俗人,于是毫不客气地一吐为快:

"既然自己动手,索性做得古拙些才是。即使不刻意把鳞片磨得光闪闪也蛮好嘛,我以为。"

"啊哈哈哈。是的,这盖子像是太廉价了!"和尚马上向我表示赞同。

年轻人有些不忍地看着老人,老人以多少不耐烦的手势掀开盖子,砚终于从下面现出本真面目。

假如这砚上有引人注目的特异之点,即是其表面呈现的匠人雕刻。正中间一块怀表大小的"圆肉",被紧贴边缘雕了出来,形状仿佛蜘蛛背,八只爪从中央弯曲着向四面伸展,其尖端各抱一个鸲鹆眼,剩下的一个位于脊背正中,看上去宛如滴了一滴黄汁一样洇开。脊背、爪和边缘以外的部分挖出深约寸余的凹坑。积墨的部位未必是这堑壕之底,即使注入一合水,也不足以填满这一深度。想必是从水盂中将一滴水用银勺滴于蜘蛛脊背,而后磨成尊贵的墨汁。如若不然,纵然其名为砚,实际也纯属书房饰物。

老人以险些垂涎之口说道：

"请看这肌肤、这眼！"

果不其然，越看颜色越好，冷冷带有润泽的肌体上，仿佛猛呼一口气即会凝为一朵云。尤其令人惊异的是眼的颜色，较之眼的颜色，莫如说眼与"地盘"相交之处的颜色渐次变换。至于何时变换的，几乎找不出吾眼被欺的痕迹。让我形容一下，就好像紫色蒸羊羹之中有一粒扁豆嵌于隐约可见的那个深度。若说是眼，即使一两个也弥足珍贵。而若说是九个，几乎无与伦比，况且九个以同等距离排列得井然有序，及至那被误以为是人工炼乳的工艺，不能不承认实乃天下逸品。

"果然名不虚传。不仅看着心旷神怡，这么摸起来也妙不可言。"我一边说一边把砚递给身旁的年轻人。

"久一你能懂这个么？"老人笑着问道。

"完全不懂。"久一以不无自暴自弃的语气扔出一句，但仍把不懂的砚放在自己面前看了看，而后大概意识到自己不配，就拿起来还给我。我再次上下好好抚摸一遍，最后恭恭敬敬地传给禅师。禅师拿在掌心细细端详，而仍好像不够尽兴，将鼠灰色棉布衣袖毫不怜惜地在蜘蛛背上擦了又擦，久久观赏现出光泽的地方。

"老先生，这颜色真是好啊！用过吧？"

"没有，没正经用过，还是买回来的样子。"

"倒也是啊！这样子的，在中国想必也不多见吧，老先生？"

"是的。"

"我也想要一个。如果可能，托久一君可好？怎么样，能给买来？"

"嘿嘿嘿嘿。也许砚没找到我先死了。"

"根本谈不上买砚啊！对了，什么时候动身？"

"两三天内。"

"老先生，请送到吉田。"

"一般说来，因为上了年纪，就不送了。可下回说不定再也见不着了，所以打算送送。"

"伯父不送也可以的。"

看来年轻人是老人的侄儿，难怪哪里长得像。

"不，还是送送好。坐河船去很容易的。是吧，老先生？"

"呃，翻山越岭是很吃力，若是绕路坐船……"

年轻人这回也没特别推辞，只管默不作声。

"到中国去吗？"我试探道。

"嗯。"

仅这个"嗯"有点儿不尽兴，但又没必要刨根问底，于是打住。看纸拉门，兰影位置稍有改变。

"唉，跟你们说，到底是这场战争的关系。他本来就是志愿兵，所以要应征入伍。"

老人替当事人向我讲了不日将出征满洲①原野这个青年的命运。在这如梦如诗的春日里，一门心思以为只有鸟鸣、花落、泉涌是错误的。作为现实世界，要翻山，要渡海，要逼近唯有平家后裔②居住的古老孤村。也许染红朔北旷野的血海

---

① 满洲：指我国东北。
② 平家后裔：日本"源平合战"中失败的平家残部，为躲避源氏追杀而藏身于荒郊野岭。

的几万分之一，便是从这青年动脉中逆射出来的。这青年腰间挎的长剑，其尖端有硝烟喷出亦未可知。然而，这青年坐在除了做梦并不认为人生有某种价值的一个画家身边，而且坐得这么近，近得甚至侧耳即可听见他的阵阵心跳。他的心跳，或许现在就已同席卷百里平野的浪潮声两相呼应。命运只是猝然将我们两人聚于一堂，此外无所见告。

九

"用功呢?"女子说。回到房间的我,从三脚几上的一捆书中抽出一本读了起来。

"请进!一点儿也不碍事的。"

女子没有顾虑的意思,几大步跨进房间。形状娇好的玉颈肤色从深色和服衬领中活色生香地探了出来。坐在面前时,玉颈与衬领的对比最先闪入我的眼帘。

"西洋书?写的东西很难懂的吧?"

"哪里!"

"那么写的什么?"

"是啊,其实我也不很明白。"

"呵呵呵呵,所以用功?"

"不是用功。只是这么在桌子上翻翻,翻到哪里就看几眼。"

"有意思的?"

"有意思。"

"为什么?"

"为什么?小说这东西,还是这么读有意思。"

"相当与众不同啊!"

"嗯,多多少少。"

"从头读为什么就不好呢?"

"如果必须从头读,就必须读到尾吧!"

"歪理!读到尾不是也很好吗?"

"当然没什么不好。若是想读情节,我也那样做的。"

"不读情节读什么?除了情节还有什么可读的?"

我心想到底是女人啊,就有意考她一下。

"你喜欢小说吗?"

"我?"女子略一停顿,随后含糊其词,"这个嘛……"看样子不很喜欢。

"喜欢还是不喜欢,是不是连自己都不知道?"

"小说那玩意儿,读也好,不读也好……"心目中压根儿不承认小说的存在。

"那么,从头读也好,从尾读也罢,随便从哪里读不都无所谓吗?不像你这样觉得不可思议也是可以的吧?"

"可您和我不一样的。"

"哪里不一样?"我盯视女子的眼睛。考试考的就是这里。女子瞳仁一动不动。

"呵呵呵呵,您不明白?"

"不过年轻时读了不少的吧?"我不再步步紧逼,稍稍往里迂回。

"现在我也以为自己年轻,可怜啊!"

放出的鹰又扑空了,全然大意不得。

"在男人面前说那种话，就已不再年轻了哟！"我好歹把话拉回。

"那么说的你不也老大不小了？到了那把年纪，还什么迷恋啊、鼓包啊、长酒刺啊，有意思的？"

"嗯，有意思，有意思得要死。"

"嚣，真的？所以才能当画家喽？"

"一点儿不错！因是画家，所以用不着把小说那玩意儿从头读到尾。不过，读哪儿都有意思。和你说话也有意思，在这里逗留时间里恨不得天天说。如果可能，迷恋你也无妨，那一来更有意思。只是，哪怕再迷恋，也没必要和你成为夫妻。如果迷恋了就要成为夫妻，那期间就有必要把小说从头读到尾。"

"那么说，以不人情①方式迷恋就是所谓画家了？"

"不是不人情，是非人情迷恋方式。小说也是，若以非人情方式来读，情节就怎么都无所谓。这就像算卦抽签似的，啪一下子打开，漫不经心看打开的地方，有意思、有意思。"

"真好像很有意思。那么，把您现在读的地方讲一下可好？想听听里面出来什么有意思的事了。"

"讲不得的。画也一样，一讲就一文不值了，不是吗？"

"呵呵呵，那就请您念一下。"

"用英语？"

"不，用日语。"

---

① 不人情：ふにんじょう，无情，不近人情，不讲人情。与"非人情"同为《草枕》关键词。

"用日语念英语,够受的啊!"

"有什么可够受的,来个非人情!"

我想,这也算是一兴吧,于是应女子乞求,把这本书用日语断断续续念了起来。设若世界上有非人情念法的话,那么正是这个。无须说,听的女子也是以非人情方式听的。

"慈悲的风从女子身上吹来。从语声、从眼睛、从肌肤吹来。在男子搀扶下走到船尾的女子,是为了眺望夕晖中的威尼斯?扶她的男子是为了让自己的脉管掠过闪电的血?……毕竟非人情,适可而止吧!也许漏掉了不少地方。"

"可以的、可以的。您酌情添上也没关系。"

"女子和男子并排偎依船舷,两人的距离比被风吹动的飘带还要窄。女子和男子同时对威尼斯说,再见吧!威尼斯德乌地①宫殿此刻如第二个落日,红色越来越淡,最后消失不见……"

"德乌地是什么?"

"是什么都无所谓。古时统治威尼斯的人的名字。延续了多少代呢?那座宫殿至今仍留在威尼斯。"

"那么,那男子和女子指的是谁呢?"

"谁?我也不知道。所以才有意思嘛!那以前的关系什么的,怎么都无所谓。只要像你和我这样在一起,这就足够有意思的吧?"

"也就算是吧!总好像是在船上。"

---

① 德乌地:Doge,古代威尼斯、热那亚等共和国统治者的称号。主人公念的这两段和下面几段均引自英国作家乔治·梅瑞狄斯的小说《伯夏的一生》。

"船也好,山也好,怎么写,怎么是。若问为什么,那就成侦探了。"

"呵呵呵呵,那就不问了。"

"一般小说全都是侦探发明的。因为没有非人情的地方,所以了无情趣。"

"那么,请继续非人情好了。往下?"

"威尼斯正在下沉、下沉,成了空中划出的一抹淡淡的线。线断了,断而为点。蓝色玻璃球般的空中,到处有圆柱竖起,这里、那里。最后,最为高高耸立的钟楼沉了下去。女子说沉下去了。离开威尼斯的女子的心如风行空中一般自由。可是,隐没的威尼斯在不得不重新归来的女子的心里留下羁绊之苦。男子和女子把目光投向幽暗的海湾方向。星星越来越多,轻轻摇荡的海面没有浪花飞溅。男子握住女子的手,感觉像握着奏鸣不已的琴弦……"

"好像也不是多么非人情,是吧?"

"哪里,听起来足够非人情的哟!不过若不满意,多少省略一些?"

"我无所谓的。"

"我比你还无所谓。下面,噢——有些难起来了。很难翻译……不,很难念。"

"难念就省略!"

"嗯,适当省略好了。……这一夜,女子说。一夜?男子问。仅限于一夜,太薄情,须一夜又一夜才好。"

"是女子说的,还是男子说的?"

"男子说的。女子不是好像不愿意回威尼斯吗？于是男子安慰她——安慰她的话。在深夜甲板上头枕帆缆躺着的男子的记忆中，那一瞬间、那类似一滴血的瞬间、那紧紧握住女子手的瞬间如巨浪一般摇晃。男子一边仰望漆黑的夜空，一边打定主意：无论如何也要把这女子从强迫婚姻的深渊中解救出来。如此打定主意后，男子闭上眼睛……"

"女子呢？"

"女子像是迷了路，不知迷在何处。如同被劫掠到空中行走之人，但觉匪夷所思，感慨万千，往下有点儿不好念，不成句子，但觉匪夷所思，感慨万千……不能有个动词？"

"哪里需要什么动词，足够了。"

"哦？"

轰隆一声，山上所有的树一片哗然。不由得对视那一瞬间，桌上插的一枝山茶花来回晃动。"地震！"低声叫道的女子，身体一歪靠上我的桌子，两人的身体几乎贴在一起。"唧唧——"一只野鸡尖叫着从树丛中扑棱棱飞了出来。

"野鸡？"我看着窗外说。

"在哪儿？"女子把扭歪的身子靠了过来。我的脸和女子的脸就差没贴上。从细小鼻孔呼出的气触及我的胡须。

"非人情的哟！"女子很快坐好断言。

"当然！"我当即应道。

石坑里积的春水受到惊动，慢悠悠此起彼伏。地震使得一泓积水从水底摇动，因此只是表面不规则地勾勒曲线，破碎的部分却哪里也没有。倘有"圆满运动"之语，理应用在这一场合。把影子静静蘸在水里的山樱,和水一起时伸时缩,忽斜忽曲。但不管怎样变化都仍明显保持樱树的姿影,这点非常有趣。

"这家伙好玩!漂亮,多变,不这么动是没有意思的。"

"人如果也这么动,只要这么动,无论怎么动都大可放心,是吧?"

"若不是非人情,是不可能这么动的。"

"呵呵呵呵,您可是太中意非人情了!"

"你也并不讨厌吧?昨天那宽袖和服……"

没等我说完,女子马上撒娇似的接道:

"您得夸一夸!"

"为什么夸?"

"因为您说要看,才特意穿给您看的,不是吗?"

"我说了?"

"听人说了,翻山越岭而来的绘画先生特意求茶馆的阿婆来着。"

我不知怎么回答,一时语塞。女子不失时机:

"忘性这么大的人,无论对他多么诚心诚意,也是耗费心机啊!"女子既像嘲讽,又像抱怨,也像是迎面射来的第二支箭。战况渐渐变得不妙,却又不知在何处反攻,一旦被拔得头筹,就很难找到可乘之机。

"那,昨天晚上的浴场也完全出于好意喽?"岌岌可危之际终于重振旗鼓。

女子默然。

"实在对不起了,让我用什么表达一点儿谢意吧!"我尽可能主动表示,可再主动也无济于事。女子若无其事地注视大彻和尚的那幅匾额。

"竹影拂阶尘不动。"

少顷,女子静静念道。而后转向我,忽然想起似的大声问道:

"您说什么?"

我不吃这一套。

"刚才见了那位和尚。"我像因地震摇荡的池水那样来个圆满运动。

"观海寺的和尚?够胖的吧?"

"让我用西洋画方式画隔扇来着。禅僧那种人居然说这种莫名其妙的话。"

"所以才那么胖吧!"

"另外还见到一个年轻人……"

"是久一吧?"

"是久一君。"

"知道得不少嘛!"

"哪里,只知道久一君,此外一无所知。人不大愿意开口啊!"

"啊,那是客气。还不过是个孩子……"

"孩子?不是和你不相上下吗?"

"呵呵呵呵,是吗?那是我的堂弟。马上要上战场,这次前来告别。"

"住在这里？"

"不，住哥哥家。"

"那，是特意来喝茶的了？"

"比喝茶更喜欢喝白开水。父亲特意叫来的，纯粹多此一举。想必忍无可忍了的。若是我在，肯定让他中间退场回去……"

"你去哪里了？和尚可是问了哟！说怕是又一个人散步去了。"

"嗯，去镜池那边转了一圈。"

"镜池？我也想去。"

"去去好了！"

"适合画画的地方？"

"适合投水。"

"我可没有投水的打算。"

"过几天我可能投水。"

作为女人实在是够决绝的玩笑。我不由得抬起脸。女人是意外有主意的。

"把我投水又浮起来的场景——不是拼命挣扎浮起来的时候，轻轻松松赴死的场景画成好看的画！"

"哦？"

"吓一跳、吓一跳、吓一跳吧？"

女子倏然起身，三步跨到房间门口，在那里回头莞尔一笑。茫然事多时。

来看镜池。从观海寺后路穿过杉树林,下到谷底而尚未爬往对面山坡,路就分成两股,自然把镜池拥在中间。池畔有许多山白竹。有的地方左右交叉,不弄出声响很难通过。从林木间看去,可以看到池水。至于始于哪里、终于何处,若不大致绕过去则判断不出。走过去一看,意外之小,方圆可能不到三百米。只是,形状极不规则,点点处处有岩石原模原样横在水边。波浪起伏不定,池岸也高低错落,与池形同样难以名状。

池的周围杂木很多,数不清有几百棵,其中有的尚未发出春芽。枝条不很繁茂的地方,同样沐浴着和煦的春日阳光,树下甚至有刚刚萌芽的小草,东北堇菜淡淡的花影在小草间时隐时现。

感觉上,日本的紫花地丁仍在安眠,与形容它"如天外奇想"这一西洋人的句子根本不相吻合。正这么想着,脚突然停住。脚若停住,就要等到不耐烦的时候。能等的人是幸福的。若在东京这么做,马上会给电车压杀。倘电车不压杀,就会给巡警赶走。城市这种地方,一向把太平游民误为乞丐,而向作为毛贼头目的侦探支付高薪。

我以草为茵,一下子落下太平屁股。若是在这里,即使五六天这么不动,谁也不至于抱怨什么。大自然的难得可贵之处就在这里,不仅没有危急关头的毫不留情、毫不留恋,看人下菜碟的轻薄态度也全然不见。不把岩崎①和三井②放在眼里的人任凭多少都有,而将古今帝王冷冷视为和自己风马牛不相及的,想必唯独大自然。自然之德高高超越俗界,树立绝对平等于无垠天地。较之率天下群小而一味招致泰门③的愤怒,滋兰九畹,树蕙百畦④而独坐其间远为上策。世人称为公平,谓之无私。果真那般值得推崇,那么最好日戮小贼千人,在其尸体上培育满囿花草。

思考若落于义理,难免枯燥无味。特意来这镜池,总不至于是为了归纳这种中学程度的观感。我从袖口取出香烟,擦燃火柴。有手感,却不见火。递上敷岛⑤端头一吸,从鼻子冒出烟来,终于意识到了自己果然在吸烟。火柴在短短的草丛中吐了一会儿雨龙⑥般的细烟,旋即熄了。我慢慢挪到水边观看。在我坐着的绿茵很可能自行淹没于池中而双腿即将浸入温水之际,我赶紧停住,打量水面。

目力所及之处,似乎没有多深。水草无奈地沉在水底。

---

① 岩崎:岩崎家。由岩崎弥太郎奠定基础,后来以海运业为主发展成为三菱财阀。
② 三井:三井家。江户时期以来以金融业为主形成三井财阀。每每被夏目漱石用为大富豪的代名词。
③ 泰门:Timon,公元前约五世纪希腊人,以讨厌人闻名。莎士比亚创作的悲剧《雅典的泰门》将其塑造为憎恶忘恩负义之人的典型。
④ 滋兰九畹,树蕙百畦:语据《楚辞》中的"余既滋兰之九畹兮,又树蕙之百亩"。
⑤ 敷岛:一种过滤嘴香烟商标名,当时的高档烟。
⑥ 雨龙:类似蜥蜴的无角龙。

除了"无奈",我不知道可用来形容的语词。若是山冈芒草,我知道"披靡"一词。若是藻草,我晓得其等待波浪引诱之情。而等待百年也不可能动的沉在水底的水草,摆出所有可动的姿势朝夕等待被拂之机——等到日暮、等到天明,将几代情愫凝于草尖,但至今似乎既动不得,又死不得,就这样苟且偷生。

我站起身来,从草中拾来大小正好的两个石子,心想就算是功德之举吧,遂将一个往眼前抛去。"咕嘟嘟"泛起两个水泡,转眼消失。转眼消失、转眼消失——我在心中重复。透过水面看去,三四条长发懒洋洋摇曳起来。混浊的水就像在说"被人发现可不成",赶紧从池底泛起将水草掩住。南无阿弥陀佛。

这回我咬牙切齿地往水中央抛去,隐隐发出"砰"一声响。对方喜静,绝不动容。我再没心思抛掷,放下画具箱和帽子不管,往右拐去。

向上爬了二十多米,大树遮蔽头顶,身上忽然变冷。对岸幽暗的地方,山茶花开了。山茶树的叶片实在太绿,即使白天看,在朝阳坡看,也无轻逸之感。尤其这棵山茶树,在从岩角往里后退二三十米的地方,森森然、悠悠然抱团开放——那里除了花看不出有别的什么,你看那花!多得数一天也肯定数不过来。然而花是那么艳丽,看见就想一数为快。问题是仅仅艳丽,全然没有欢畅之感。起火一般"啪"一声开了,不由得目注神驰,而后总觉得心有余悸,再没有那么骗人的花了。每次看见深山里的山茶花,我都想起女妖形象,以黑漆漆的眼睛把人勾引过来，不觉之间就把妖冶的毒血注入人的血管。察觉上当即为时已晚。对面的山茶花闪入眼帘之时，我心想若不看见就好了！那花不仅仅是红，那光彩夺目的娇美深处带有无可言喻的沉郁色调。悄然枯萎的雨中梨花，只给人以哀怜之感；冷艳的月下海棠，只让人心生怜爱之情。二者与山茶花的沉郁判然有别。它看上去发黑有毒，含带恐惧感——深层有如此基调，表层却装得那般娇美，而且既无媚人之态，又别无迷人之姿。忽一下开了，啪一声落了，啪一声落了，忽一下开了，如此躲在人所不见的山阴里送走几百年星霜。只看一眼就再不想看！看的人根本无法摆脱她的魔力。那颜色不是普普通通的红色，而是一种异样的红，红得如同就刑囚徒的血自行惹人眼、自行扰人心。

注视之间，红色家伙啪嗒落在水上。安静的春日里动的仅此一朵。片刻，又啪嗒一声落了。那种花绝不散开，较之分崩离析，更是抱作一团离枝而去。离枝时一举落下，显得毅然决然。但落了也抱作一团这点，未免有些暗藏杀机。又啪嗒一声落下。我想，如此不断落下之间，池水有可能变红。花朵静静漂浮的那里，现在都好像有些红了。又一朵落下，落在地上了，还是落在水上了？静得无法区分。再次落下。我思忖有时会沉下去的。年年一落而光的几万朵山茶花，浸在水中，浸出红色，腐烂变泥而渐渐沉入水底亦未可知。几千年过后，这座古池说不定在人不知鬼不觉的时间里被落下的山茶花埋上而回归原来的平地。又一大朵如涂着鲜血的某人灵魂一般落下。又一朵落下。啪嗒啪嗒落了又落，无尽无休。

如果画一个漂浮在这种地方的美女会怎么样呢？我一边想着，一边折回原来的地方，又吸一支烟，怔怔陷入沉思。温泉浴场的那美昨天开的玩笑卷着波纹涌来我的记忆。我的心如冲上大浪的一块船板摇来摆去。我想以那张脸为原型使之浮在那棵山茶树下，从上面投下几朵花来。山茶花久久落个不止，女子久久浮在水面——我想表现这样的感觉。可是那能画出来吗？那个拉奥孔什么的怎么都无所谓。违背原理也好，不违背也好，只要表现出那种心情即可。问题是不离开人而表达超越人的永恒之感并非易事。首先脸就不好办，就算借得那张脸，那副表情也不行。倘痛苦占了上风，会把一切彻底摧毁。而若盲目乐观，就更伤脑筋。索性换一张脸如何？那张？这张？屈指数点起来，好像都不理想。还是那美的脸最为合适，却又总好像美中不足。虽然觉得美中不足，但哪里美中不足，自己也不清不楚，因而不能以自己的想象任意调整。如果为其加入嫉妒会怎么样呢？加入嫉妒，不安之感势必过多。憎恶如何？憎恶则过于强烈。气恼？气恼将整个毁掉和谐。恨？若是说春恨等诗性的恨，自是另当别论，而若单纯是恨，就太俗了。如此思来想去，最后终于恍然大悟——诸多情绪之中，忘了有"哀怜"二字。哀怜是神所不知的情感，且是最接近神的人的情感。那美的表情中全然没有哀怜之念，美中不足就在这里。某种心血来潮使得这一情感掠过这个女子眉宇的瞬间，想必就是我的画成功之时。然而，那不知何时才能出现。那女子脸上平时充满的，不外乎瞧不起人的微笑和争强好胜的八字。仅仅这样，无论如何也成不了画。

哗啦哗啦,有脚步声传来。胸间图案的三分之二土崩瓦解。一看,身穿短褂的男子背一捆柴,穿过山白竹丛朝观海寺这边赶来,估计是从相邻山头下来的。

"好天气啊!"他解下毛巾寒暄。弯腰的刹那间,别在腰带里的柴刀倏然闪出亮光。一个四十光景的壮汉,似乎在哪里见过。他像老朋友一样毫不见外。

"先生您也画画吗?"我的画具箱早已打开。

"啊,我想画一画这池子什么的,就来看看。好个凄清的地方啊,没人路过。"

"是、是,深山老林……在这岭上挨了浇,怕是够受的吧?"

"哦?你是上次的马夫?"

"是、是。这么砍了柴,拿去城里卖。"源兵卫放下东西,坐在上面,拿出烟口袋,很旧,看不出是纸的还是皮的。我把火柴递给他。

"天天翻越这样的地方,够受的吧?"

"哪里,习惯了。再说也不是天天翻山越岭,每三天一次,有时四五天。"

"就算四天一次,那也够受的。"

"啊哈哈哈。马怪可怜的,所以四天一次。"

"那可真是……马比自己还贵重啊!哈哈哈哈。"

"那倒也算不上……"

"不过这池子相当有年头了吧?到底什么时候开始有的呢?"

"自古就有。"

"自古？有多古？"

"好像很古很古了。"

"很古很古就有了？难怪。"

"听说志保田家的千金投水时就有了。"

"志保田家？那座温泉旅馆？"

"是、是。"

"千金投水了？不是实际活得好好的吗？"

"不、不，不是那位千金，是很久很久以前的。"

"很久很久以前的千金？久到什么时候呢？那……"

"反正是很久很久以前的千金……"

"以前那位千金为什么要投水呢？"

"听说那位千金和现在的这位千金同样漂亮，先生！"

"唔。"

"那么说，一天来了一个游方僧……"

"游方僧？说的是化缘和尚？"

"是的，那是个吹箫的游方僧。游方僧在村长志保田家逗留期间，那位漂亮的千金一眼看上了他——怕是命运吧，死活非要跟他不可，都哭了。"

"哭了，唔——"

"可是村长不答应，说游方僧怎么能当女婿呢！最后把他撵走了。"

"撵那个化缘和尚？"

"是、是。这么着，千金追游方僧一直追到这里，从那边那棵松树那儿投水了,结果闹出好一场轰动。传说她什么时候都随身带一面镜子,所以这池子现在也叫镜池。"

"呃——居然真有投水自尽的啊!"

"实在是再奇怪不过的事。"

"多少代以前的事呢,这个?"

"像是很久很久以前的事了。还有……这话可是只跟你说,先生。"

"什么呢?"

"那志保田家,代代都出疯子。"

"哦?"

"完全是报应。现在的千金,大家都一哄声说近来有点儿反常。"

"哈哈哈哈,没有那回事吧!"

"真没有?不过老夫人到底有些怪的。"

"在家呢?"

"不,去年谢世了。"

"唔。"我看着从香烟头升起的一缕细烟,缄口不语。源兵卫背起柴捆离去。

我是来画画的,如果总想这种事、总听这种话,多少天也一张都画不出来。既然好不容易把画具箱拿到这里,那么今天出于情理也要弄出一幅草图才是。所幸,对对面景色已大体有了设想,姑且把那里画下来再说吧!

一丈多高的苍黑的巨石从池底拔地而起,在深色池水的拐角处巍然耸立。其右侧,山白竹从断崖一直长到水边,密密麻麻，略无间隙。崖上长着一棵三抱粗的巨松，将爬有小爬山虎的大半树干斜扭着伸向水面。怀揣镜子的女人，想必是从那石崖上跳下来的。

我支起三脚架，扫视可以入画的素材，松、竹、岩、水，但不知水在何处打住为好。岩若高达一丈，那么影也有一丈。山白竹不止于长在水边，简直像要长到水里似的将影子鲜明地映入水底。及至松，其凌空而起的高度，由于需要仰视，影子也就相当长。以肉眼所见的尺寸显然收纳不了，索性放弃实物而画影子倒也别有兴味。画水，画水中影子，画完出示于人说这就是画，对方想必诧异。可是，只令人诧异是没有意思的，必须让对方惊讶原来这就是画才有意思。怎么构思才好呢？我一心一意凝视池面。

说来也怪，光看影子是全然成不了画的，于是想和实物比较着构思。我把眸子从水面收起，视线慢慢往上方移动，将一丈高的岩石从影尖看到水边相接处，再由相接处渐渐往水面看去，从润泽的气韵到皱皱的纹路逐一加以体味。视线一点点向上攀升，越攀越高。而当我的双眼到达危岩顶端之时，我就像被蛇盯住的蟾蜍，画笔从手中啪一声掉了下去。

夕阳透过青枝绿叶照射下来，前面的悬崖在行将逝去的晚春中影影绰绰、五彩斑斓——那当中鲜明地浮现出来的女子脸庞，正是于花下吓我、以幻影吓我、用宽袖和服吓我、在浴池吓我的女子的脸庞！

我的视线像被钉在女子苍白脸庞正中一样再也动不得。女子也尽情伸展那婀娜的身段，在高高的悬崖上纹丝不动。

就在那一刹那!

  我不由自主地一跃而起,女子翩然转身而去,衣带间那红如山茶花的红色物件刚刚一闪就已飞下远方。夕晖掠过树梢,隐约染红松树干。山白竹更加苍翠。

  我又吃了一惊。

十一

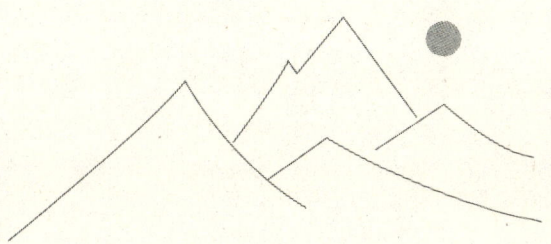

乘着山村朦胧月色漫步,登观海寺石阶当中我吟得一句:仰数春星一二三。没什么事要见和尚,也没心思见面闲聊,只是偶然走出旅馆信步而行之间,不知不觉来到这石阶下。手抚写有"不许荤酒入山门"的石头伫立有顷,而后忽然来了兴致,开始登山。

《项狄传》①那本书中有这样一句:"再没有比这本书的写法更符合神的旨意的了。"最初一句不管怎样也是自己写的,往下只管念神运笔。至于写的什么,当然自己也稀里糊涂。写的人是自己,但写的事是神的事。所以据称责任不在作者。我的散步也是继承这一做派的与责任无关的散步。唯其无求于神,就更加与责任无关。斯特恩在免除自身责任的同时,将其转嫁于天上的神。我不拥有为我承担责任的神,弃之于脏水沟中就是。

若登石阶也吃力,不登就是。与其为此吃力,莫如马上

---

① 《项狄传》:《绅士特里斯舛·项狄的生平与见解》(*The Life and Opinions of Tristram Shandy, Gentleman*)之略。英国小说家劳伦斯·斯特恩(Laurence Sterne, 1713—1768)的代表作,全九卷。

打道回府。登一级伫立片刻,心情相当不坏,于是又登一级。登第二级想作诗。默看吾影,因有方块石挡着,故截为三段,妙。因为妙,又登一级。登罢仰首望天,扑朔迷离的深处有一颗小星星不停地眨眼,可为诗句。又登了一级。如此这般,终于登到顶端。

在石阶顶端想起来了。以前去镰仓游玩,围绕所谓五山① 转来转去的时候,想必是在圆觉寺的塔中②吧,也是如此一步一步登上石阶顶端,但见从门内走出一个身穿黄色法衣的大脑袋和尚。我上,他下。擦肩而过时,和尚以尖锐的语声问我去哪里。我回答只在院内参观,同时止住脚步。和尚当即抛下一句什么也没有哟,而后大踏步下山去了。和尚太洒脱了,使得我多少有被抢先之感。我站在石阶上目送和尚,和尚不断摇晃着他那颗大脑袋,最后消失在杉树之间。那时间里一次也没有回头。禅僧果然有趣,雷厉风行啊!想着,我慢吞吞走进山门。一看,宽大的禅房、大殿全都空空荡荡,了无人影。那时我由衷感到欢喜,想到世上有这么洒脱的人这么洒脱地对待别人,心里不由得豁然开朗,并不是说我懂了禅,禅的"禅"字还不知晓,只是中意那大脑袋和尚的做派。

人世间到处都是拖泥带水、阴险歹毒、蝇营狗苟、寡廉鲜耻的讨厌家伙,有的家伙甚至自己何以来世上觍脸活着都不明不白。而且,越是那种家伙脸越大,以其承受浮世之风的

---

① 五山:此处为临济宗镰仓五山,即位于镰仓市区的建长寺、圆觉寺、寿福寺、净妙寺、净智寺。
② 塔中:原为弟子在圆寂高僧的舍利塔旁建造的房舍,现指禅寺院内的小寺院。

面积大而觉得无上荣光,一连五年、十年侦探别人的屁股,数点其放屁的数量,以为这就是人生。不仅如此,来到人前还一个劲儿告知——本来求也没求他——你放了多少个屁、放了多少个屁。若是当面说的,那么作为参考也未尝不可。问题是还在背后说你放了多少个屁、放了多少个屁。叫他别啰唆了,他更加絮絮不止;叫他算了,他愈发嗷嗷不休。说知道了,也还是口口声声说你放了多少个屁、多少个屁。还说这是处世方针,方针各所不一。别说放屁、放屁而默默制定方针去好了,避免制定打扰别人的方针乃礼仪所需。倘说不打扰则方针无以成立,那么人家也只能以放屁作为自己的方针。而这样一来,日本也就气数将尽。

如此这般,什么方针也不制定而只管在这美好的春夜悠然漫步,其实才够高尚。兴来,以兴来为方针;兴去,以兴去为方针。得句,方针立于所得之处;不得,方针立于不得之处。且不给任何人添麻烦。这才是真正的方针。数点屁数乃人身攻击方针,放屁为正当防御方针。如此登临观海寺石阶是随缘放旷①方针。

得"仰数春星一二三"之句而登罢石阶之时,但见春海如带,扑朔迷离。进得山门,已经无心拼凑绝句,当即制定作罢方针。

一条小路通往石砌禅房。右侧是山杜鹃花墙,花墙对面大约是墓园。左侧是大殿。房瓦在高处闪着幽光,往上看

---

① 随缘放旷:凡事随缘,豁达自在。

去，几万片顶瓦仿佛落有几万个月亮。鸽子在某处频频啼叫，似乎栖居梁下。或许神经过敏，房檐那里有点点白斑，谅是鸽粪。

滴雨檐的下面有一溜奇怪的影子，不像是树，当然也不是草。从感觉上说，样子像是岩佐又兵卫①画的鬼念佛②不再念佛而正在跳舞，从大殿这头到那头整齐列成一队迈着舞步，其影子又从正殿的此端至彼端，同样舞姿翩翩。想必在这朦胧月色的诱惑下，钲也好，棰也好，捐献簿也好，都不要了，不约而同来这山寺跳起舞来。

近前一看，原来是高大的仙人掌，高达七八尺，看上去就像把丝瓜大小的黄瓜压得扁扁的，压成了勺子状。勺柄朝下，一片又一片往上接合，不知那勺子要接多少才算完事。今夜有可能捅破房檐，蹿到房瓦上面。那勺子形成之时，说不定忽然从哪里出来，啪一声粘接在一起。我不觉得老勺子会生出小勺子，小勺子会经年累月渐渐长大。勺子和勺子的连接实在过于离奇。这般滑稽的树绝不可能有，而且过于装模作样。据传若问如何是佛，有僧答曰"庭前柏树子"③。若接触同样问话，我会不假思索地应道"月下霸王树"。

小时候读得名叫晁补之那个人的纪行文，至今仍有句子记得：

---

① 岩佐又兵卫：1578—1650，江户初期画家，尤以风俗画独具一格。
② 鬼念佛："大津绘"画题之一，构图为身披法衣、颈悬铜钲的鬼醉酒弹拨三弦。
③ 庭前柏树子：语据《五灯会元》。原话为："僧问：如何是祖师西来意？师云：庭前柏树子。"

> 于时九月，天高露清，山空月明，仰视星斗皆光大，如适在人上。窗间竹数十竿相摩戛，声切切不已。竹间梅棕，森然如鬼魅离立突鬓之状。二三子又相顾魄动而不得寐。迟明，皆去。①

重新在口中吟咏之间禁不住笑了。根据时间与场合，这仙人掌也会使我魄动，一看见就把我赶下山去。试着用手碰刺，火辣辣刺痛手指。

沿石板路走到头往左一拐就是禅房。禅房前有一棵高大的白玉兰树，几乎有一抱粗，高度超过禅房顶。仰面看去，头上即是树枝，树枝上还是树枝，重叠的树枝上方是月亮。一般情况下，树枝如此重叠起来，从下面看不见天空。倘若有花就更看不见。而白玉兰树枝哪怕再重叠，枝与枝之间也还是有疏朗的空隙。白玉兰不胡乱伸展细枝干扰树下之人的眼力。甚至花也朗然，即使远远地从下面仰视，一朵花分明是一朵花。至于这一朵和那一朵相互簇拥，开到什么时候则无从知晓。尽管如此，一朵终究是一朵，一朵与一朵之间能够明显望见淡蓝的天空。花色当然不是纯白，一味发白，感觉未免过冷。白而又白，表现的是特想夺人眼球的心计。玉兰花的颜色不是那样的，有意避免极度的白，而呈现为温馨的淡黄色，显得庄重和谦恭。我站在石板路上，仰望这诚恳的花朵累累伸向天空而不知其所止，为之茫然有顷。映入眼睛

---

① 此段引自宋代诗人晁补之的《新城游北山记》。

的无不是花,叶子一片也没有。于是得一俳句:

    仰首望天空,唯见玉兰花。

  鸽子不知在哪里娓娓合鸣。
  走进禅房,禅房大敞四开,俨然无贼王国。当然没有犬吠。
  "有人吗?"
  我招呼一声。
  寂无声息。
  "打扰了。"我求人引路。
  咕咕咕咕,传来鸽子的叫声。
  "打——扰——了!"我加大音量。
  "噢噢噢噢噢噢",很远的对面有人应道。到别人家访问从未听得这样的回应。少顷,走廊响起足音,纸灯笼的光影随之照来屏风对面。一个小和尚一闪出现,是了念。
  "师父出去了?"
  "在。有何贵干?"
  "请转告一声,就说温泉那个画家来了。"
  "画家先生?请进!"
  "不通报也可以的?"
  "可以的吧!"
  我脱掉木屐上去。
  "不懂规矩啊,画家先生!"

"怎么?"

"要把木屐摆好。请看那里!"他凑上纸灯笼。黑柱子正中在离裸土地板高约五尺的位置,一分为四的半纸①上写着什么。

"喏,认得吧? 写的是看脚下……"

"果然。"我认真摆正自己的木屐。

老和尚的房间位于走廊拐角的大殿旁边。了念毕恭毕敬打开纸拉门,毕恭毕敬跨过门槛伏身说道:

"那个……志保田家来了一位画家先生。"完全一副诚惶诚恐的样子,让我觉得不无好笑。

"是吗? 这边请。"

了念出来,我进去。房间相当狭窄,中间有个地炉,水壶发出响声。老和尚在对面看书。

"啊,请这里坐!"他摘下眼镜,把书放在一旁。

"了念,了念——"

"我在、我在……"

"拿坐垫来!"

"是是是是……"了念在远处连声应道。

"嗬,真来了。够无聊的吧?"

"月亮太好了,就晃晃悠悠跑来了。"

"月亮好?"他打开纸拉门。两块踏脚石、一棵松树,此外一无所有。庭院对面似乎紧邻悬崖,迷蒙的海面当即在眼

---

① 半纸:八开的日本白纸。

下展开，心情豁然开朗。渔火星星点点，闪闪烁烁，溶入遥远的天际，莫非要化为星星？

"好景色！师父，关着门岂不可惜？"

"那是。不过毕竟每晚都看。"

"看多少晚都看不够啊，这景色。换我，看个通宵！"

"哈哈哈。可你是画家，和我略有不同。"

"您觉得漂亮之时，您就是画家！"

"那或许是的。达摩画像之类，我也画的。喏，这里的挂轴就是上一代师父画的，画得极好。"

果不其然，达摩画像挂在不大的壁龛里。但作为画相当拙劣，只是没有俗气，力图藏拙之处一概没有。无邪的画，想必上代高僧也是这幅画里这样豁达之人。

"好个无邪的画啊！"

"我等画的画这样足矣，只要气象表现出来……"

"比画得巧而有俗气的好。"

"哈哈哈哈，这样子也能得到夸奖！对了，近来画家方面也有博士的？"

"没有画家博士。"

"啊，是吗！最近我遇见一个博士。"

"哦——"

"说起博士，很厉害的吧？"

"呃，厉害的吧！"

"画家也应该有博士嘛，为什么没有呢？"

"那么说来，和尚方面也应该有博士吧！"

"哈哈哈哈，那怕也是。那个人叫什么来着，最近遇见的人……名片应该在哪里放着才是……"

"在哪里遇见的？东京？"

"不，在这里。东京，二十年没去了。听说近来有电车什么的了，很想坐一下试试。"

"没有意思的，轰轰隆隆。"

"是吗？所谓蜀犬吠日、吴牛喘月，我这样的乡巴佬，可能反而受不了的。"

"不至于受不了，只是没有意思。"

"是不是呢？……"

茶壶嘴冒出好多气。老和尚从茶具箱里取出茶具，给我倒茶。

"普通茶，来一口吧！不是志保田老先生那种好茶。"

"哪里，很不错了。"

"看样子你这么四处跑来跑去，到底是为了画画？"

"呃。倒是带着画具，不过不画也没关系的。"

"噢，那么说是半玩半画了？"

"是啊，那么说怕也可以的。毕竟不愿意给人数屁。"

就算是禅僧也至少像是不解此语。

"数屁指什么？"

"在东京住久了，就会被人数点屁数。"

"怎么回事？"

"哈哈哈哈，单单数屁倒也罢了，还分析人的屁股，什么屁股眼是三角形的啦、四方形的啦，没事找事。"

"噢，那怕是出于卫生起见吧？"

"和卫生无关。侦探！"

"侦探？原来如此。那就是警察喽？警察啦、公安啦，到底有什么用？没有不行？"

"是啊，画家是不需要的。"

"我也用不着。我从未给警察找过麻烦。"

"想必。"

"不过，就算给警察数点屁数也无所谓吧？佯作不知就是。自己没做坏事，多少警察也奈何不得的。"

"屁大个事，给他们抓住不放如何吃得消！"

"我是小和尚的时候，上一代大和尚这么说来着：一个人，只有做到在日本桥正中掏出五脏六腑都不以为耻，才算修行到家了。你也这么修行好了。旅行什么的，即使放弃也不碍事。"

"如果真当上画家，随时都能做到。"

"那就真当上好了。"

"给人数屁是当不成的。"

"哈哈哈哈。你看、你看！你住的那家，志保田家的那美也是，出嫁回来之后，总是觉得这也不顺眼那也不开心，结果就来我这里问法。想不到近来大有长进，喏，你看那样子，成了开通女子。"

"呃呃，难怪我觉得她不一般。"

"机锋锐利得很。来我这里修行的那个叫泰安的小家伙，因了那个女子，从一件意外小事遭逢不得不究明大事的因缘……现在成了不错的开悟僧。"

松影落在静寂的院落。远处的大海既像呼应天光又不像呼应天光——在如此模棱两可之间发出微弱的光闪，渔火明灭不定。

"看那松影！"

"漂亮啊！"

"只是漂亮？"

"嗯。"

"不仅漂亮，而且，风吹也不以为苦。"

我一口喝干茶碗里的涩茶，底朝上扣在茶托上，站起身来。

"送到山门吧！了念，客人要回去了！"

两人送我走出禅房。鸽子"咕——咕咕"叫着。

"再没有比鸽子更可爱的了，我一拍手，全都飞来。试一下？"

月光愈发皎洁。四下悄无声息，白玉兰将几朵云华擎向空中。寥廓春夜的正中，高僧啪一声击掌，声音在风中消逝，一只鸽子也没落下。

"不落啊，本该落下才是。"

了念看我的脸，微微一笑。老和尚可能以为鸽子的眼睛夜里也看得见东西——心无挂碍的人。

在山门那里我向两人告别，回头看去，大的圆影和小的圆影落在石板路上，一前一后消失在禅房那边。

十二

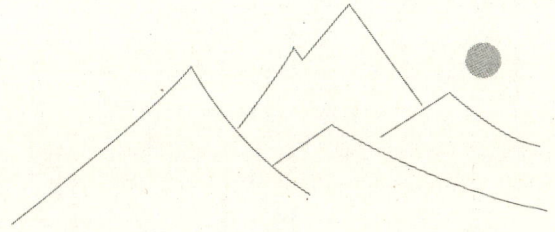

记得奥斯卡·王尔德[①]说基督具有最高境界的艺术家气质。基督不晓得,而如观海寺和尚者,我认为恰恰具有这一资格。这么说不意味他趣味高尚,也并不是说他通晓时势。挂一幅几乎不能以画称之的达摩画像,为之自鸣得意。他由衷觉得画家应有博士,他认为鸽子眼睛夜间也好使。尽管如此,但我想说他有艺术家资格。他的心如无底行囊一样通透,了无滞碍。随处而动,任意而为,肺腑毫无尘滓沉淀。假如他的脑袋里粘得一点趣味,那么他立即与之同化,行屎走尿之际也可作为完全的艺术家而存在。而如我者在被侦探数点屁数之间,决然成不了画家。可以面对画架,可以手拿调色板,然而成不了画家。如此来到名都不晓得的小山村,将五尺瘦躯埋没于行将逝去的春色之中,我才得以将吾身置于真正的艺术家所应采取的态度之中。一旦进入这一境界,美之天下即归我有。即使不染尺素、不涂寸绢,我也是第一流的大画家。

---

① 奥斯卡·王尔德:Oscar Wilde(1854—1900),英国诗人、小说家。他提倡艺术至上主义,代表作有《莎乐美》《王尔德狱中记》等。

即使技不如米开朗琪罗①,巧逊于拉斐尔②,而在艺术家人格上也堪与古今大家并驾齐驱,毫无逊色之处。来这温泉旅馆之后还一幅也没画,背来画具箱甚至有心血来潮之感。或许有人笑我,那也算是画家?不管别人怎么笑,现在的我也是真正的画家、像样的画家。得此境界之人,未必画出名画,但画出名画之人必然知此境界。

吃罢早餐,美美吸一支敷岛喷云吐雾之时的我,感想如上所述。太阳离开雾霭高高升起。打开纸拉门往后山看去,苍翠的树木显得玲珑剔透,分外亮丽。

我总是把空气与物象、色彩的关系视为宇宙间最有兴味的一项研究,以色彩为主表现空气,还是以物象为主描绘空气,或者以空气为主来衬托色彩与物象,气势稍有不同,画的意境就各所不一。而意境又因画家本身的嗜好而千差万别,此乃自明之理。另一方面,自身受时间和场所的限制也是理所当然。英国人画的山水,欢快的东西一概没有。也许他们讨厌欢快的画,纵使喜欢,采用那种空气也完全是无可奈何的。即便同是英国人,古德尔③的设色也截然不同。理应不同。他虽是英国人,但从未画过英国风景。他的画题不是他的乡土,同其本国相比,画的空气透明度非常出色。相比于本国,他只选择埃及或波斯一带的风景。因此最初看他的画,

---

① 米开朗琪罗:Michelangelo Buonarroti(1475—1564),意大利文艺复兴时期代表性画家、雕刻家,尤以《最后的审判》闻名遐迩。
② 拉斐尔:Raffaello Santi(1483—1520),意大利画家、建筑家,文艺复兴时期的巨匠。
③ 古德尔:弗雷德里克·古德尔(Frederick Goodall,1822—1904),英国维多利亚时期画家,尤工风景画、肖像画。

谁都感到惊讶，甚至怀疑英国也有人画出这般明丽的色彩。

个人嗜好是奈何不得的。不过，如果意在描绘日本山水，那么我们也必须表现日本固有的空气和色彩。纵然把法国画说得再好，而若原封不动用那种色调，也不能说是日本的风景。我们还是要正面接触大自然，朝夕研究云容烟态，最后心想"正是那一颜色"之时马上扛起三脚架飞奔而出。颜色须瞬间移植，一旦错失良机，同样颜色就断难入目。我此刻仰视的山边，正带有这一带极少能见到的理想颜色。特意赶来却失之交臂，委实可惜，画一下好了！

我拉开隔扇，走到檐廊，只见那美正背倚对面二楼隔扇站着，下巴掩在衣领里，只能看见侧脸。我正想打招呼，只见女子左手照样下垂，而右手如旋风一样挥动。发光的莫非闪电？在胸前飞快地折闪了两三道，旋即咔嚓一声，闪电即刻消失。女子左手握有九寸五分长的白色刀鞘，身姿转眼隐在隔扇影中。我以一大早就窥得歌舞伎的心情走出旅馆。

出门往左一拐，很快顺一条陡路爬上山坡。黄莺到处鸣叫。左侧缓缓往山谷倾斜，满坡都是橘树。右侧排列着两座不很高的山冈，也好像种满橘树。这地方几年前来过一次，懒得屈指计算，似乎是寒冷的十二月间。那时第一次看见满山遍岭全是橘树的景色。我对采橘人说卖给我一枝，对方应道："随便给你多少，只管拿好了！"说着，在树上唱起调子奇妙的民歌。在东京，就连橘皮都必须去药店买。夜里不断有枪声传来，一问，回答说"是猎人打野鸭子"。那时连那美的"那"字都不晓得。

如果让那个女子当演员,肯定是一个出色的女角。普通演员一上舞台就装模作样,而那个女子天天在家中表演,而且没意识到是在演戏,演得自然而然。想必那才能称为美的生活①。托她的福,绘画修养颇有进展。

若不将那女子的所作所为看作演戏,未免心里发怵,一天也住不下去。倘以义理啦、人情啦等寻常套路为布景,以普通小说家那样的视角研究那女子,刺激势必过于强烈,很快厌弃。在现实世界中,假如说我和那女子之间形成一种缠绵的关系,那么我的痛苦恐怕是语言所难以道尽的。我的这次旅行,用意就在远离俗情,彻头彻尾成为画家。大凡入眼之物,都必须统统作为画来看待,都只能作为能乐、戏剧或诗中人物来观察。从这一觉悟的眼镜窥看那女子,她的所作所为在我迄今见过的女子当中就是最美丽的,唯其自己并没做美丽表演的意识,因而比演员的举止还要美丽动人。

请别误解具有如此想法的我。若批评说作为社会公民不够得当,那是最为片面的。善难行,德难施,节操不易守,为义而舍身未免可惜。不惜做这等事,对任何人都是痛苦。要想冒犯这种痛苦,内心的某处必须蕴含战胜痛苦的欢愉。所谓画也好,所谓诗也好,或者某种戏剧也好,不过是包含在酸楚中的快感的别名罢了。只有悟得个中此趣,吾人所作方能成为壮烈、成为风雅。恨不得战胜所有艰难困苦来满足胸中一点无上趣味,方能将肉体的痛苦置之度外,对物质上的不

---

① 美的生活:文艺评论家高山樗牛(1871—1902)在《论美的生活》中提倡的生活态度。

便不屑一顾，驱动勇猛精进之心，为人道而视烹于鼎镬为乐趣。若立于人情之狭小天地而给艺术下定义，那么艺术倘不蕴含于我等富有教养士人之胸间，进而避邪就正、斥曲护直、扶弱挫强，则无论如何也不堪忍受——艺术乃此一念的结晶，烂然反射光天化日。

我们有时嘲笑人的行为有演戏气，嘲笑为了贯彻美好趣味而不惜付出不必要牺牲的罔顾人情表现，嘲笑不静等自然发挥美好性格的良机而勉强炫耀自己趣味的愚蠢。真正了解个中消息的嘲笑者可谓仍得其意。及至不懂趣味为何物的凡夫俗子以自身卑劣根性而蔑视他人的做法，委实难以原谅。往日有留下《岩头吟》①而从五十丈飞瀑纵身跳入急湍的青年。依我之见，那个青年是为一个美字而舍弃了不应舍弃的生命。死本身确是壮烈的，但导致死的动机则不易理解。然而，甚至不解死本身之壮烈的人，如何能嘲笑藤村操的行为呢？我要强调的是，他们因为不懂壮烈赴死的情趣，故而即使有正当情由，他们也不能壮烈赴死——在这一局限性上，作为人格，他们无疑比藤村操低劣，没有嘲笑的权利。

我是画家。正因为是画家，所以作为注重趣味之人，纵然沦落于人情世界，也比东西两邻庸懦无聊之辈高尚，也作为社会一员卓然处于教育他人的地位，也比没有诗情、没有画意、没有艺术爱好之人能有美好作为。身在人情世界，美好作为是正、是义、是直。将正、义、直在行为上予以显现之

---

① 《岩头吟》：1903 年（明治三十六年），十八岁的高中生藤村操跳入日光华严瀑自杀，《岩头吟》为其遗书。

人，乃是天下公民的楷模。

已然离开人情界一些时日的我，至少在这次旅行当中无须回归人情界。否则，这难得的旅行就成了徒劳。必须从人情世界拂去粗粗拉拉的沙尘，只注视底部美丽的金子。我也必须以社会一员自居。作为纯粹的专业画家，就连我也已经斩断利害的缠绵僵索，昂然往来于画布之中，何况山、水、他人！虽说是那美的行为动作，但也只能视之为本真面目。

爬了三四百米，对面闪出一座白墙房子，谅是橘林中的住宅。路不久分成两股。沿着白墙左拐时，蓦然回头，下面有个身穿红裙的少女往上爬来。腰带渐渐看分明了，接着露出褐色的小腿。小腿露尽了，露出草鞋。那双草鞋一步步移来。她的头顶有山樱飘落，背负光闪闪的大海。

山路爬到头了，到得山梁一块平地。北面春峰叠翠，说不定是今早从檐前仰望的一带。南面的地势不妨说是野火烧过的荒野，以五六十米宽的幅度向前伸展，尽头成了崩毁的山崖。崖下是刚才路过的橘林。视线跨过村庄远望，无须说，映入眼帘的是蔚蓝的大海。

路有好几条，分分合合，合合分分。哪一条都很难看作主路。哪一条都是路，又都不是路。黑红色的地面在草中时隐时现，分不清连往哪一条路，如此变化多端，饶有兴味。

在哪里坐下好呢？我在草地上远近徘徊。从檐廊看时以为可以入画的景色，真要画的时候意外散乱，颜色也渐渐变了。在草地上东张西望之间，作画的念头不知何时无影无踪。而若不画了，在哪里坐下都是我的安居之地。春日阳光浸染着草地，一直浸入草根。咚一声摔下屁股，感觉上似乎碾碎了肉眼看不见的地气。

大海在脚下闪光。一片遮拦云絮也没有的春日光线普照水面，看上去是那么温暖，那余温说不定什么时候会整个温暖浪底。海面一片湛蓝，仿佛被一把毛刷均匀涂了一遍。白金般的细鳞此起彼伏，闪闪烁烁。春日无限照天下，天下无限湛碧波。如此时间里，见到的唯有小指尖般的白帆，而且，帆纹丝不动。往昔入贡的高丽船由远而近之时，想必就是那个样子。此外目力所及，大千世界，只有照射的日之世和被照的海之世。

骨碌躺下，帽子滑去额后，活活成了阿弥陀佛。小株木瓜长得正欢，高出周围青草一两尺了。我的脸正好放在一株跟前。木瓜花有意思。枝很顽固，从不弯曲，而若说是笔直，绝非笔直，只是笔直的短枝和笔直的短枝以某个角度相互冲突着、倾斜着构成一个整体。看不出是红的还是白的，不得要领的花就悠然开在那里，甚至柔软的叶片也点缀着花朵。若让我评，在花里边，木瓜花恐怕是愚而开悟者。世间有所谓守拙之人，这种人来世托生，必为木瓜。我也想成为木瓜。

小时候曾把开花带叶的木瓜切下来兴致勃勃地弯成树枝形，进而弄成笔架，把两钱五厘的毛笔挂在上面，白穗在花叶之间时隐时现——就那样放在桌子上看得津津有味。那天满脑袋装着笔架睡了。翌日一睁眼就跳起来跑去桌前一看，花蔫了，叶枯了，唯独白穗依然闪光。那般漂亮的东西，为什么一个晚上就枯萎了呢?当时真是困惑不堪,如今想来,还是那时候远离人间烟火。

躺下就闪入眼帘的木瓜,乃是二十年来的旧知己。凝视之间,渐渐觉得神思缥缈,怡然自得,诗兴再次上来。

躺着思考,每得一句就记在写生簿上。似乎不大工夫就写成了,从头读了一遍:

> 出门多所思,春风吹吾衣。
> 芳草生车辙,废道入霞微。
> 停筇而瞩目,万象带晴晖。
> 听黄鸟宛转,观落英纷霏。
> 行尽平芜远,题诗古寺扉。
> 孤愁高云际,大空断鸿归。
> 寸心何窈窕,缥缈忘是非。
> 三十我欲老,韶光犹依依。
> 逍遥随物化,悠然对芬菲。[①]

啊,成了,成了,这回写成了,躺着看木瓜而忘尘世的感觉终于出来了。即使木瓜不出、大海不出,而只要感觉出来,此即足矣——正当我这么赞叹着欣喜之间,听得有人吭一声干咳,让我吃了一惊。

翻身往声音传来的方向看去,一个男子绕过山角从杂木

---

① 出门多所思……悠然对芬菲:1898年漱石居熊本期间写的五言古诗《春兴》。原诗如此。

林间出现了。

他头戴褐色礼帽,帽形已经崩溃,倾斜的帽檐下露出一对眼睛。眼形看不清楚,但分明像是惶惶然左顾右盼。蓝色条纹长衫掖起底襟,光脚穿着木屐——这副打扮让人捉摸不透。若仅以乱糟糟的胡须判断,无疑有流浪武士的价值。

以为他沿山道下行,没想到又从拐角折身回来。以为他要退回来时路,却又不是,重新起步前行。除了散步的人,应该不至于有人这么走来走去。然而那是散步打扮吗?况且,很难认为那样的男子会住在这附近。他不时站住不动,或歪起脑袋,或四下环视,看样子既像是冥思苦索,又似乎是在等人,总之莫名其妙。

我再也无法把自己的眼睛从这令人不安的男子身上移开了,倒也不是害怕,也没心思用来作画,只是眼睛移不开罢了。由右而左,由左而右,眼睛随着他移动的时间里,来人突然停住脚步。与此同时,又一人闪入我的视野。

两人似乎相互认识,逐渐双双接近。我的视野慢慢缩小,最后在草地正中缩成一小块。两人一个背对春日,一个面向春海,完全四目相对。

男的当然是那个流浪武士。对方呢?对方是女子,是那美。

当我看见那美的身姿时,马上联想起早上的短刀。莫非揣在怀里了?就连非人情的我也心里咯噔一下。

男女就那样四目相对,以同一态度伫立良久,看不出动的迹象。嘴也许在动,但语声一无所闻。之后男子低眉垂首,女子转看春山，脸未入我眼。

山上黄莺鸣啭，看样子女子倾听莺鸣。未几，男子猛然抬起垂下的脑袋，开始半转脚跟。情况非同寻常。女子飒然敞开衣服，转身面对大海，从腰带间探头的像是短刀。男子昂然起步。女子拉开两步距离随男子脚跟前行。女子穿的是草鞋。男子站住了，莫不是被叫住的？回头那一瞬间，女子右手落进腰带。危险！

吐噜冒出来的，以为"九寸五"，不料是钱包样的小包。伸出的白手的下面，一条长带随着春风飘摇。

单脚跨前一步，腰部往上稍稍后仰，伸出的白皙手腕，紫色的小包，仅此姿势即足以入画。

因紫色而约略断开的画面，通过以两三寸间隔回过头来的男子的身体动作而恰到好处地连在一起。所谓不即不离，我想正是形容这一刹那情形之语。女子前倾之势，男子后仰之姿，而实际上无人牵线使之倾仰。两人的缘分在紫色钱包交接之处彻底断开。

在两人的姿势保持如此美妙和谐的同时，两人的脸庞和衣服形成鲜明的对照。以画视之，更加兴味盎然。

一个虎背熊腰、满腮黑须、细长马脸，一个长颈、柳肩、身段苗条。表情冷冷地扭着身子、脚蹬木屐的流浪武士，就连日常铭仙绸也穿得优雅得体、由腰而上谨慎隆起的约略瘦削的那美。那已然磨秃的褐色礼帽和蓝色条纹的披襟长衫，那甚至应有地气腾起的梳理工整的鬓角色调和从有黑缎子闪烁的深处一晃儿现出的腰带衬里的冶艳，所有这一切都是上好画题。

男子伸手接过钱包，倾仰分寸保持绝妙平衡的两人，位置顷刻崩溃。女子不再前倾，男子亦无意后仰。心理状态在构图上面竟有如此大的影响——纵是画家也从未察觉。两人左右分开。因双方没了气势，故作为一幅画已支离破碎。男子在杂木林入口处一度回过头。女子则不往后看，径自朝这边走来。少顷，走到我的正对面招呼两声：

"先生、先生！"

她是什么时候注意到我的呢？

"什么事？"

我朝木瓜上面伸出脸去，帽子落在草地上。

"在那样的地方做什么呢？"

"躺着作诗。"

"说谎！看见刚才的了吧？"

"刚才的？刚才的……那个？嗯，看了一点点。"

"呵呵呵呵，不是一点点也可以的，看多少都悉听尊便。"

"实际上也看了不少。"

"您看、您看！啊，好了，请稍稍过来一下，从木瓜里出来！"

我乖乖从木瓜中走出。

"木瓜里还有什么事？"

"已经没有了，也该回去了。"

"那，一块儿走吧！"

"好、好。"

我再次诺诺连声，退回木瓜树下，戴上帽子，归拢画具，和那美一起走了起来。

"画画呢？"

"算了。"

"来这里不是还一张也没画成吗？"

"嗯。"

"特意来画画，却一点儿也没画，够自讨无趣的吧？"

"哪里，无所谓。"

"嗬，真的？为什么？"

"也不为什么，反正无所谓。画那玩意儿，画成也好，没画成也好，归根结底都一回事。"

"够洒脱的！呵呵呵呵，相当乐观啊！"

"既然来到这种地方，若不乐观，那么来的意义不是就没有了？"

"不不，不管在什么地方，都要乐观才行。不然活的意义就没有了。比如我吧，就算刚才的场景被人看见，也不觉得有什么不好意思。"

"不觉得是对的！"

"真的？您对那个男的到底怎么看的呢？"

"这个么，好像不怎么有钱。"

"呵呵呵，说中了，说中了。您是占卜高手啊！那人说他穷得在日本待不下去了，是来找我要钱的。"

"呃。从哪里来的呢？"

"从城里来的。"

"相当远啊!那么,要去哪里呢?"

"听说要去满洲。"

"去干什么?"

"去干什么?是去捡金子,还是去送命,我不知道。"

这时我抬起眼睛,看一眼她的脸,刚刚闭合的嘴角上,隐隐的笑意正在消失,含义不得而知。

"那是我的丈夫。"

迅雷不及掩耳,女子突然一刀捅来,我目瞪口呆。无须说,我无意打探这种事,她自己也不至于想坦率到这个地步。

"怎么样,吃惊了吧?"女子说。

"嗯,多多少少。"

"不是现在的丈夫,离了婚的丈夫。"

"怪不得。那么……"

"就此了结。"

"是吗?……橘子山上有一座很气派的白墙房子吧?位置相当好。谁的房子呢?"

"那是我哥哥的家。回去路上顺便去一下。"

"有什么事?"

"嗯,有人托我捎了一点东西。"

"一块去吧!"

来到山路口时没下到村子里,而马上右拐。又爬了一百多米,有一座大门,进门没进屋,直接拐去庭园入口。女子旁若无人地大步前行,我也旁若无人地甩开大步。向阳的庭园有三四株棕榈树,土围墙下紧挨着橘园。

女子即刻坐在檐廊地板边上，说：

"好景色，看！"

"果然，好漂亮！"

隔扇里面寂无人息。女子也没有打招呼的意思，只是坐下来静静俯视橘园。我觉得不可思议，到底有什么事呢？

最后也没说话，两人都只管默然往下看着橘园。近午时分的太阳把暖洋洋的光线直上直下照满整片山坡，满目橘叶，就连叶片背面都被照得闪闪发光。少顷，里面仓房那边，一只鸡"喔喔喔"大声叫了起来。

"噢，已经中午了。事情忘了，久一君，久一君！"

女子弯下腰，咣啷一声拉开闭合的隔扇，里面空荡荡铺着十张榻榻米，两幅狩野派①挂轴凄凄然装饰着春日的壁龛。

"久一君！"

仓房那边终于传来回音，脚步声在隔扇对面止住。咣啷，隔扇刚一打开，就有一把白鞘短刀掉在榻榻米上。

"喏，你伯父的饯行礼物。"

我全然不知她何时把手伸进衣带的。短刀反转了两三下，在平静的榻榻米上滚到久一脚下。看样子刀鞘太松，刀身露出，闪了大约一寸寒光。

---

① 狩野派：室町时期画家狩野正信（1434—1530）开创的绘画流派。其子元信（1476—1559）集其大成。江户初期的狩野探幽（1602—1674）以绚丽多彩的画风闻名于世。

十三

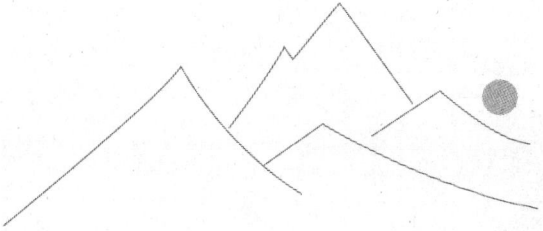

坐河船把久一送去吉田的火车站。坐在船上的,有被送的久一君,有送行的老人、那美、那美的哥哥和照看行李的源兵卫。还有一个就是我,我当然只是陪衬。

即使陪衬,叫到了也还是去,不知什么用意也去,非人情之旅无须多虑。船就像把筏子加了边框,底是平的。老人居中,我和那美在船尾,久一君和那美的哥哥坐在船头。源兵卫和行李单独拉开距离。

"久一君,对打仗你是喜欢,还是讨厌?"那美问。

"不出去看看是不明白的。苦事想必有,但开心事也是有的吧!"不晓得战争的久一君说道。

"再苦也是为了国家。"老人说。

"拿了短刀,会不会多少想上阵试试呢?"女子又问起奇妙的事。

久一君轻轻点了下头:

"是会的吧!"

老人撩起胡须笑了笑。那美的哥哥一副佯作不知的样子。

"那么漫不经心,能打得了仗吗?"女子不拘小节地把白皙的脸庞凑到久一君跟前。久一君和她的哥哥略略对视。

"那美当了军人,说不定能有两下子。"这是哥哥对妹妹说的第一句话,从语调推断,不纯属开玩笑。

"我?我当军人?要是能当军人,我早当了。现在已经死了。久一君,你也死了算了,活着回来说起来不好听。"

"乱说话!别别,还是要光荣地凯旋!并非只有死才是报效国家。我也打算活上两三年,还能见到。"

老人的话,尾音拖得很长,越来越细,最后成了泪线。毕竟是男人,不好出言无忌。久一君什么也没说,转头望着河岸。

岸上有棵高大的柳树,下面系一条小船,一个男人一味盯视钓线。一行人的船慢慢曳着水波从他面前通过时,他蓦然抬起脸和久一君四目相对。四目相对的两人之间没有任何电流发生,对方想的只是鱼,久一君的脑袋里连容纳一条鲫鱼的余地也没有。一行人坐的船从太公望①面前划了过去。

从日本桥通行的人数,一分钟不知有几百之多。假如站在桥畔一一问得行人心中盘踞的纠葛,想必得知这尘世眼花缭乱,难以活命。因为只是和陌生人相遇,与陌生人分别,以致最后竟有了志愿者站在日本桥上摇晃指挥电车的小旗。幸运的是,太公望面对久一君险些哭出的脸也没要他做任何解释。回头望去,他兀自心安理得地凝视浮子,没准一直凝视到日俄战争结束为止。

---

① 太公望:助武王建立周朝的吕尚,在渭水钓鱼时被周文王发现奉之为师,俗称姜太公。这里代指钓鱼人。

河面不很宽，底浅，水流徐缓。要倚着船舷在这水面上滑去哪里呢？必定滑去春尽人喧而想和谁约会的地方。这眉间印有一点腥血的青年毫不留情地将我等一行人拖向前去，而命运之索将这青年拖往遥远、幽暗、荒凉的北国。因此，被某日、某月、某年的因缘和这青年捆在一起的我们，必将被这青年拖到缘尽之处。缘尽之时，他与我等之间就会噗一声一刀两断，而唯他一人被命运之手不由分说地拖曳过去。剩下的我等将别无选择地留在原地，央求也好，挣扎也好，都不能尾随其后。

船不无诗意地一路轻快滑行，左右两岸似有笔头菜什么的长了出来。土堤上看起来有很多垂柳，低矮的房屋疏疏落落地从中探出苫草的房顶，探出熏黑的窗扇。时有白色家鸭闪现出来，嘎嘎叫着扑来河中。

柳树和柳树之间光艳艳一闪一闪的，像是白桃花。有织布声哐哐传来，哐哐声中断时即有女子歌声漫上水面，"哈——咿、咿哟——"，至于唱的什么则全然摸不着头脑。

"先生，请把我画下来啊！"那美要我画她。久一君和那美的哥哥不断地讲军队的事。老人不知何时打起盹来。

"那就画好了！"我取出写生簿。写罢给她看：

　　春风解衣带，缎子是何牌？

女子笑道：

"这样的一笔画不行，得认真些，把我的气质画出来！"

"我倒是也想画，奈何你的脸，这样的脸是成不了画的。"

"搪塞人家！那么，怎么样才能成画？"

"不不，现在也是画得成的，只是多少有美中不足之处。把不足画出来，难免遗憾！"

"不足也没办法，天生的脸嘛！"

"天生的脸也可以千变万化。"

"自己随心所欲？"

"是的。"

"以为人家是女的，就把人家当傻瓜！"

"你是女的才说这种傻话！"

"那么，把你的脸来个千变万化给我看！"

"像这样天天千变万化，就足够了！"

女子默默把脸转向对面。岸边不知何时低得和水面几乎持平。放眼望去，紫云英铺天盖地。鲜红的点点花瓣，不知何时被雨冲洗过，一半融化成了花海，在霞光中漫无边际地扩展开去。举目远望，半空中一座峥嵘的山峰正从山腰间隐约吐放春云。

"您是从那座山的那边翻越来的。"女子把白嫩的手伸去舷外，指着梦幻般的春山。

"天狗岩一带？"

"那片浓绿下面有块泛紫的地方吧？"

"是日影那里吗？"

"是不是日影呢？光秃秃的吧？"

"哪里，是凹下去了。若是秃了，颜色会更褐一些。"

"果真?反正听说是那里的后面。"

"那么说,七曲要再稍微往左一点,是吧?"

"七曲要往前过去很远,那座山前面的又一座山。"

"言之有理。不过从视觉上说,应是那片淡云笼罩的一带吧?"

"嗯,方位是那里。"

打盹的老人臂肘掉到舷外,一下子睁开眼睛。

"还没到吧?"

老人挺起胸廓,右肘往后一撑,左手笔直伸出,使劲儿伸了个懒腰,顺便做了个拉弓架势。女子呵呵笑道:

"总是这个毛病……"

"看样子喜欢拉弓啊!"我也笑着问。

"年轻时候能拉到七分五厘,按弓力度如今也不一般。"他拍了拍左肩给我看。

船头谈战争谈得兴致勃勃。

船终于驶入仿佛城镇的地段的里边。纸拉门中间那里写的"居酒屋"出现了,传统样式的半截绳编门帘出现了,木材堆放场出现了,人力车声传来了,燕子一闪肚皮飞向天空,家鸭嘎嘎叫个不停。一行人弃舟走去车站。

这就被拖到了现实世界。我把能看见火车的地方称为现实世界,恐怕再也没有比火车更能代表二十世纪文明的了,把好几百人塞入同样的箱子轰轰驶过,毫不留情、绝不通融。被塞入的人无不以同等程度的车速停在同一车站,同样沐浴蒸汽的恩泽。人们说乘上火车,我说被塞入火车。人们说乘火车去,我说用火车运。再也没有比火车更蔑视个性的了。文明用尽大凡所有的手段发展个性之后,又要用大凡所有的手段践踏个性。给予每人几坪几合①,任凭你在这块地表内起止坐卧,此即现代文明。与此同时,在这几坪几合周围设以铁栅栏,喝令不许越此一步,此亦现代文明。在这几坪几合内尽情享受自由的人也想在铁栅栏外尽情享受自由,此乃自然趋势。可怜的文明国民日夜咬着铁栅栏咆哮不已。文明给个人以自由使之猛如老虎,而后将其投入围栏之中以维持天下和平。这种和平不是真正的和平,一如动物园里的老虎瞪视游客躺着不动。而若拔除一根铁棍,世界即体无完肤。第二次法兰西革命势必在此时爆发。个人革命则已爆发,昼夜不息。北欧的伟人易卜生②已就革命爆发的状态具体举例示于吾人。每次看见火车不由分说地将所有人当作货物势不可当地风驰电掣,我就将封闭于车厢里的个人与对人的个性丝毫不予理会的这钢铁怪物进行比较,心想:危险、危险,务必小心!现代文明到处充斥着迎面冲来的危险,在一片漆黑中横冲直闯的火车就是这危险的一个标本。

我在站前一家茶馆里坐下,一边看着艾蒿饼一边思考"火车论"。这不能写进写生簿,也没必要讲给别人,只好默默吃饼喝茶。

对面帆布凳上坐着两个人,同样穿着草鞋,一个披一条

---

① 几坪几合:"坪"与"合"为日本土地面积单位,1坪约3.3平方米,1合为1坪的十分之一。
② 易卜生:Henrik Ibsen(1828—1906),挪威剧作家,欧洲近代戏剧的创始人。代表作《玩偶之家》提倡女性解放。

红毯,一个穿浅绿色细筒裤,膝头打了块补丁,手按在补丁上面。

"还是不行吧?"

"不行啊!"

"要是像牛那样长两个胃有多好!"

"有两个真是没说的,一个坏了,切掉就是。"

两个乡下人看上去像有胃病。他们不晓得满洲野外冷风的气息,不懂得现代文明的弊端,至于革命为何物,恐怕连这两个字都没听说过,甚至自己的胃有一个还是有两个都无从辨识。我拿出写生簿,将这两人画了下来。

丁零丁零响起铃声。票已买好。

"好了,走吧!"那美起身。

"出发!"老人也站起身来。一行人一齐穿过检票口,走上月台。铃声响个不停。

轰隆一声,泛着白光的钢轨上,文明的长蛇蜿蜒而来,文明的长蛇口吐黑烟。

"这就分别了?"老人说。

"那么,请多保重!"久一低下头去。

"别活着回来!"那美又来一句。

"行李到了?"那美的哥哥问。

长蛇在我们面前停住,侧腹门开了好几扇,人或出或进。久一君钻上车去,老人、那美的哥哥、那美、我站在外面。

只要车轮一转,久一君便已不是我等世间之人,他要去遥远、遥远的世界。那个世界里,人在硝烟气味中劳作,顺着血流跌打滚爬，天空隆隆作响，即将前往那种地方的久一君站在车厢里默默看着我们。把我们从山中拖出的久一君和被拖出的我们的因缘将在此中断，已经开始中断。仅仅车门和车窗开着，仅仅相互看脸，走的人和留下的人仅仅相隔六尺，而因缘已中断殆尽。

乘务员一边砰砰关门，一边朝这边跑来。每关一扇门，走的人和送的人就远离一些。少顷，久一君的车厢门也砰一声关上了。世界已分成两个，老人不由得靠近窗边，青年从窗口探出脑袋。

"危险，要开了！"声音刚落，毫不留恋的火车带着轰隆轰隆的节奏开动了。车窗一个一个从我面前通过，久一君的脸越来越小。最后的三等车厢通过我面前时，车窗里又探出一张脸来。

毛磨光的褐色礼帽下，满脸胡须的流浪武士依依不舍地伸出脑袋。这时，那美和流浪武士不由自主地面面相觑。火车轰轰隆隆向前行驶，流浪武士的脸很快消失不见。那美茫然目送火车，奇异的是，茫然之中居然有迄未见过的"哀怜"在整个面部浮现出来。

"就是它！正是它！它一出来就成画了！"

我拍着那美的肩头小声说道。我胸间的画幅遽然成形。

附录　夏目漱石年谱*

1867 年（庆应三年）　诞生

1 月 5 日，作为牛込马场下名主夏目小兵卫直克与妻子千枝的四儿子，生于日本东京市牛込区（现东京都新宿区）喜久井町一番地。当时父亲直克 54 岁，小夏目（金之助）出生后即被送往四谷的一家旧货店做养子。

1868 年（明治元年）　2 岁

1869 年（明治二年）　3 岁

11 月，成为新宿盐原昌之助的养子，改姓"盐原"。

1870 年（明治三年）　4 岁

1871 年（明治四年）　5 岁

养父昌之助成为浅草的户长，移居浅草区（现台东区）诹访町。因种痘而患天花。

1872 年（明治五年）　6 岁

---

* 参考夏目漱石之妻夏目镜子口述、松冈让整理，文艺春秋株式会社出版的『漱石の思い出』（直译为《漱石的回忆》，也译有《我的先生夏目漱石》）所附《漱石年谱》等资料，由王伟编译。

1873 年（明治六年） 7 岁

1874 年（明治七年） 8 岁
因养父昌之助与与养母阿安之间产生不和，金之助被暂且领回喜久井町的父母家，之后被再次送回养父母家。养父母离婚。
秋季，入学浅草寿町户田小学。

1875 年（明治八年） 9 岁
就读于浅草寿町户田小学。

1876 年（明治九年） 10 岁
夏季前后，长兄听说养父打算将来让金之助去做勤杂，忧心不已，于是将金之助领回喜久井町的父母家，并转学至牛込市谷柳町市谷小学。

1877 年（明治十年） 11 岁
12 月，以优异成绩从下等小学科（明治时代学制，为期四年）毕业。

1878 年（明治十一年） 12 岁
10 月，从锦华小学寻常科二级后期毕业。

1879 年（明治十二年） 13 岁
进入神田一桥府立第一中学学习。

1880 年（明治十三年） 14 岁

就读于神田一桥府立第一中学。

1881 年（明治十四年） 15 岁

1月，母亲（53岁）千枝去世。

中途从第一中学退学，进入三岛中洲的二松学舍学习汉学。

1882 年（明治十五年） 16 岁

1883 年（明治十六年） 17 岁

进入骏河台的成立学舍学习。

1884 年（明治十七年） 18 岁

租住在小石川极乐水旁寺院的二楼，与桥本左五郎一起开始自炊生活。

就读于成立学舍，为进入东京大学预科做准备。

7月，以金之助名义持有的位于下谷区（现台东区）西町四番地的小居所被养父昌之助擅自出售，并因为没有立即腾出房屋而引发官司。

9月，大学预科入学。与中村是公、芳贺矢一、正木直彦、福原镣二郎等相识。

入学不久后患盲肠炎。

1885 年（明治十八年） 19 岁

与中村是公一起寄宿于猿乐町的末富屋。

1886 年（明治十九年） 20 岁

学校考试未及格。

就读预科的同时，与中村是公一起在江东义塾任私塾老师赚取学费（月俸 5 日元）。

害沙眼，此后多次患眼疾。

大学预科更名为第一高等中学。

1887 年（明治二十年） 21 岁

3 月，长兄大助（31 岁）去世。

之后，仲兄荣之助去世。

与同住的中村是公等七人一起前往江之岛游玩。

1888 年（明治二十一年） 22 岁

1 月，从盐原家复籍，改回"夏目"本姓。

7 月，从第一高等中学毕业，升入本科。

1889 年（明治二十二年） 23 岁

年初左右与正冈子规结识。同年级同学有山田美妙，以及早一届的川上眉山、尾崎红叶、石桥思案等人。

7 月，与季兄前往兴津游玩约半月。

8 月，完成房总旅行，归来后赋得汉诗《木屑录》。

1890 年（明治二十三年） 24 岁

7 月，从第一高等中学本科第一部毕业。同月，进入东京帝国大学文科大学学习，主攻英文。

9 月，箱根旅游。赋得汉诗十余首。

1891年（明治二十四年） 25岁

夏季，与中村是公、山川信次郎一起登富士山。嫂子（季兄直矩之妻）去世。

9月，探望在大宫公园万松楼疗养的子规。

12月，将《方丈记》译成英文。

1892年（明治二十五年） 26岁

4月，分家。因征兵事宜，户籍转入北海道后志国岩内郡吹上町十七番地，成为北海道平民。

6月，撰写《老子的哲学》（文科大学东洋哲学论文）。

7月，被选定为"特待生"。

7月至8月，畅游冈山，遇大水灾。之后前往伊予松山探访回乡途中的子规。在子规的引见下初遇高滨虚子。此间前后因筹集学费，在早稻田专门学校任教。

7月，与藤代祯辅、立花铣三郎、松本文三郎、大岛义脩等友人一起担任《哲学杂志》编辑。

10月，听从好友米山保三郎（天然居士）的建议，在《哲学杂志》上刊登《关于文坛平等主义代表沃尔特·惠特曼的诗》。

12月，撰写《中学改良策》（文科大学教育学论文），此间与大冢保治相识。

1893年（明治二十六年） 27岁

1月，在文学谈话会上，讲演《英国诗人的天地山川观念》。

3月、4月、5月、6月，《英国诗人的天地山川观念》在《哲学杂志》上连载。

7月，从东京帝国大学英文科毕业，进入大学院深造。同月,与菊池谦二郎、米山保三郎一起同游日光地区数日。大约是因菅虎雄邀请,前往镰仓圆觉寺塔头归源院,与释宗演相识,并在释宗演门下参禅。

10月,受托担任东京高等师范学校的英语教授(年俸450日元)。

1894年(明治二十七年) 28岁

春季,因疑患肺病(特别是两位兄长均因肺病去世)专心疗养,并修习弓术。

8月,游松岛,参谒瑞岩寺,归来后为疗养身体前往湘南游玩。

10月,寄宿于小石川传通院旁的法藏院。

1895年(明治二十八年) 29岁

4月,突然辞去东京高等师范学校教职,前往伊予松山中学任教(月俸80日元)。

所教学生有真锅嘉一郎、松根东洋城等人。经一、二次迁居之后,搬入二番町上野老夫妇家中。

夏季,作为中日甲午战争(日本称"日清战役")从军记者的子规,因归途吐血,途经神户、须磨疗养后,回到家乡松山。夏目与子规同住约两个月。

11月,在《保惠会双志》(松山中学校友会杂志)上刊登《愚见数则》。

12月,利用休假时间回东京,与时任贵族院书记官长的中根重一之长女镜子(19岁)相亲。

这一年专心创作俳句,句子作好即送子规,期待并接受子规的批评和建议,逐渐在俳坛占有一席之地。

1896 年（明治二十九年） 30 岁

1 月，返校。

4 月，辞去松山中学教职。同月，作为第五高等学校教授，前往熊本赴任（月俸 100 日元）。偶尔与返乡（松山）途中的高滨虚子相携，同游宫岛。

起初与同事菅虎雄同住，之后在市内光琳寺町置办家宅。

6 月，于新居迎接新妻。

9 月，携新妻前往筑紫太宰府地区旅游。同月，旅游归来后搬家至市内合羽町二三七番地。此后，同事长谷川贞一郎、山川信次郎前来夏目家寄宿。

10 月，在《龙南会杂志》（五高校友会杂志）上刊登《人生》。

1897 年（明治三十年） 31 岁

1 月，《杜鹃》创刊。

2 月，在《江湖杂志》上发表《项狄传》。

6 月，父亲直克以 84 岁高龄去世。不久，喜久井町旧邸转让给他人。

7 月，夫妻相携回东京，借宿于虎之门的贵族院书记官长的官舍。

回京不久，夫人流产，前往镰仓疗养身体。为此，夏目多次往返于东京与镰仓。逗留东京期间多次探访子规。

9 月，留下尚未康复的妻子，独自返回熊本。同月，搬家至市外大江村（现大江町 401）。

10 月，夫人返回熊本。

12 月，年末与山川信次郎同往玉名郡小天村字汤之浦的温泉旅馆——前田案山子别墅过年。据称后来撰写《草枕》

的素材源于此地。

1898 年（明治三十一年） 32 岁

4 月，搬家至市内井川渊町八番地。

7 月，搬家至市内内坪井町七八番地。

11 月，在《杜鹃》上发表《不言之言》。

当时身为五高学生的寺田寅彦等常来探访。

1899 年（明治三十二年） 33 岁

1 月，与同事奥太一郎同游宇佐八幡、耶马溪、丰后日田等地。

4 月，在《杜鹃》上发表《英国文人与新闻杂志》。

5 月，长女笔子出生。

于"二百十日"（立春之后的第 210 天）前后，与山川信次郎同登阿苏山。

这一年与熊本的新俳句团体紫溟吟社建立联系，除俳句之外，也创作汉诗，交由长尾雨山修改，时有发表。

1900 年（明治三十三年） 34 岁

3 月，搬家至市内北千反畑町。

6 月，接文部省命令，前往英国留学两年，进行英语研究（留学金一年 1800 日元）。

7 月，离开熊本，返回东京。

9 月，搭乘普鲁士号由横滨出发前往英国，同行者有芳贺矢一、藤代祯辅等。

10 月，途经巴黎，停留一星期。与浅井忠会面，月底抵达伦敦。

12月，辗转一两次之后，搬迁到 6 Flodden Road, Camberwell New Road, S. E. 的布雷特夫人（Mrs. Brett）家。接受 Dr. Claig 的个人授课。

1901 年（明治三十四年） 35 岁
1 月，在伦敦期间，留守东京牛込矢来岳父中根重一家中的妻子生下二女儿恒子。同月，维多利亚女王去世。当时与长尾半平常来常往。

4 月，与布雷特一家共同移居至 Tooting。

5 月、6 月，在《杜鹃》上发表《伦敦消息》。

7 月，搬至 81 The Chase, Clapham Common S. W. 的利尔女士（Miss Leale）家。与池田菊苗往来。

秋季，与土井晚翠往来。

1902 年（明治三十五年） 36 岁
在伦敦与旧友中村是公重逢。

9 月，正冈子规于上根岸的家中去世。

此时开始出现严重的神经衰弱症状，夏目发疯的传言开始流传。为转换心情开始学骑自行车。

10 月，游爱尔兰。

12 月，回国途中。

1903 年（明治三十六年） 37 岁
1 月，抵达神户，归国。

3 月，搬家至本乡区（现文京区）驹込千驮木町五七番地。同月，获准免去第五高等学校教职。

4 月，就任第一高等学校教授（年俸 700 日元）。同月，作为小泉八云的继任者,担任东京帝国大学文科大学讲师(年俸800日元)。

截至6月,讲授《文学形式论》(一周三小时)。此外,负责《织工马南》讲读课。

这段时间开始出现严重的神经衰弱症状,暂时与妻子分居约两个月。

7月,在《杜鹃》上发表《自行车日记》。

9月,开始讲授《文学论》(一周三小时,讲授了两个学年)。此外负责莎士比亚讲读课。

10月,三女儿荣子出生。

此时开始频繁作画,主要为明信片水彩画。

1904年(明治三十七年) 38岁

1月,在《帝国文学》上发表《关于麦克白的幽灵》。

2月,在《英文学会丛志》上发表翻译作品《塞尔玛之歌》。秋季,在明治大学开课。

11月、12月,在《杜鹃》上发表与高滨虚子合作的长篇俳句体诗歌《尼》。

12月,接受高滨虚子的建议,与坂本四方太、寒川鼠骨、河东碧梧桐、高滨虚子等人一起,在子规门下的文章会"山会"朗读作品,尝试创作。《我是猫》为其中之一。

1905年(明治三十八年) 39岁

1月,在《杜鹃》上发表《我是猫》第1回,由此名声大振。同月,在《帝国文学》上发表《伦敦塔》。同月,在《学镫》上发表《卡莱尔博物馆》。

2月,在《杜鹃》上发表《我是猫》第2回。

4月，在《杜鹃》上发表《我是猫》第3回，以及《幻影之盾》。

5月，在《七人》上发表《琴之空音》。

6月，在《杜鹃》上发表《我是猫》第4回。

7月，在《杜鹃》上发表《我是猫》第5回。同月，《文学论》讲授结束。

9月，《18世纪英国文学》(后更名为《文学评论》出版)开讲。同月，在《中央公论》上发表《一夜》。同月，在《杜鹃》上发表《我是猫》第6回。

10月，《我是猫》上册出版（计划由服部书店出版，后改为大仓书店出版）。

11月，在《中央公论》上发表《薤露行》。

这一年开始，家中来访者日益增多，常举办文章会。聚会人员主要有：高滨虚子、坂本四方太、篠原温亭、寺田寅彦、野间真纲、野村传四、森田草平、铃木三重吉、野上丰一郎、中川芳太郎、小宫丰隆、桥口贡、桥口五叶、松根东洋城、坂元雪鸟等人。

12月，四女爱子出生。

1906年（明治三十九年） 40岁

1月，在《帝国文学》上发表《趣味的遗传》。同月，在《杜鹃》上发表《我是猫》第7、8回。

3月，在《杜鹃》上发表《我是猫》第9回。

4月，在《杜鹃》上发表《我是猫》第10回以及《哥儿》（也译有《少爷》）。

5月，《漾虚集》（大仓书店）出版。

8月，在《杜鹃》上发表《我是猫》第11回。

9月，在《新小说》上发表《草枕》。同月，岳父中根重一去世。

10月，在《中央公论》上发表《二百十日》。

11月，《我是猫》中册（大仓书店）出版。

12月，《鹑笼》（春阳堂）出版。同月，搬家至本乡区（现文京区）西片町十番地七号。

1907年（明治四十年） 41岁

1月，在《杜鹃》上发表《野分》。

3月，前往京都、大阪等地游玩约两星期。

4月，辞去所有教职。同月，在池边三山、鸟居素川等人的极力邀请下，加盟朝日新闻社。同月，应东京美术学校文学会的邀请，做题为《文艺的哲学基础》的演讲。

5月3日，在《朝日新闻》上发表《入社之辞》，之后刊载《文艺的哲学基础》。

5月，《文学论》（大仓书店）出版。

6月，长子纯一出生。同月，《我是猫》下册（大仓书店）出版。

6月23日至10月29日，在《朝日新闻》上连载《虞美人草》。

9月，搬家至牛込区（现新宿区）早稻田南町七番地。

秋季，在宝生新的指导下学习谣曲。

这一年开始指定与来访者的见面日为每周四。

1908年（明治四十一年） 42岁

1月1日至4月6日，在《朝日新闻》上连载《矿工》。

1月，《虞美人草》（春阳堂）出版。

2月，在朝日新闻社举办的演讲会上做题为《创作家的态度》的演讲。

4月,在《杜鹃》上刊登《创作家的态度》。

6月13日,开始在《大阪朝日新闻》上刊登《文鸟》。

7月1日,开始在《朝日新闻》上连载《梦十夜》。

9月1日至12月29日,在《朝日新闻》上连载《三四郎》。

9月,《草合》(春阳堂)出版。同月,猫死去。

12月,次子伸六出生。

1909年(明治四十二年) 43岁

1月14日至3月14日,在《大阪朝日新闻》上发表《永日小品》中的24篇(《东京朝日新闻》也刊登了其中的16篇)。

3月,《文学评论》(春阳堂)出版。

5月,《三四郎》(春阳堂)出版。

6月27日至10月14日,在《朝日新闻》上连载《从此以后》(也译有《后来的事》)。

8月,老毛病胃病发作。

9月,应南满洲铁道株式会杜总裁中村是公之邀,前往满洲旅行。

10月,返回东京。

10月21日至12月31日,在《朝日新闻》上连载满洲见闻。

11月25日开始,负责《朝日文艺栏》栏目。

1910年(明治四十三年) 44岁

3月1日至6月12日,在《朝日新闻》上连载《门》。

3月,五女儿雏子出生。

5月,《四篇》(春阳堂)出版。

6月18日，因胃溃疡住进内幸町长与肠胃医院。

7月31日，出院。

8月6日，前往修善寺温泉菊屋本店进行疗养。同月，疗养中于24日大吐血，生命垂危。据称这次大病带给其本人和艺术上巨大的转变。

10月11日，身体逐渐好转，回东京后直接住进长与肠胃医院。

10月29日（住院中），在《朝日新闻》上发表《杂忆录》。

1911年（明治四十四年） 45岁

1月，《门》（春阳堂）出版。

2月，拒绝接受文部省授予的博士学位。同月，《杂忆录》连载结束。

2月，出院。

6月，应长野教育会之邀，与夫人一起前往长野市讲演。归途中顺道前往高田、松本、诹访等地旅行。

7月，在《朝日新闻》上发表《开培尔先生》。同月，《我是猫》缩印本出版，这是同类缩印本的先行者。同月25日至31日，在《朝日新闻》上连载《信》。

8月，《剪报帖》（春阳堂）出版。同月，应邀参加大阪朝日新闻社举办的讲演会，途经明石、堺、和歌山等地后到达大阪。同月，讲演会结束之后，在大阪胃溃疡再次发作，入住汤川医院。

9月，出院返回东京。同月，接受痔疮手术。

10月，《朝日文艺栏》停办。

11月1日，提出辞呈，11月25日撤回辞呈。

11月，五女儿雏子夭折。同月，演讲文由朝日新闻社收录至《朝日讲演集》。

1912 年（明治四十五年 / 大正元年） 46 岁
1 月 1 日至 4 月 29 日，在《朝日新闻》上连载《彼岸过迄》（也译有《春分之后》）。

2 月，池边三山去世。

7 月，明治天皇驾崩，改元。

8 月，受中村是公之邀，前往盐原、日光、轻井泽、上林温泉、赤仓等地游玩半月。

9 月，《彼岸过迄》（春阳堂）出版。同月，在神田佐藤医院接受痔疮手术。

这段时间又开始练习书法与绘画，尤其是文人画。

10 月 15 日至 28 日，在《朝日新闻》上连载《文展与艺术》。

12 月 6 日，开始在《朝日新闻》上连载《行人》。

1913 年（大正二年） 47 岁
1 月之后，数月间均出现严重的神经衰弱症状。

2 月，讲演集《社会与自己》（实业之日本社）出版。

3 月底开始，因胃溃疡卧病在床。《行人》因此暂时搁笔。

9 月 16 日开始，《行人》续篇继续在《朝日新闻》上连载，到 11 月 5 日连载完结。

这一年将之前迁至北海道的户籍迁回东京，重新做回东京平民。

1914 年（大正三年） 48 岁
1 月 7 日至 12 日，在《朝日新闻》上连载《外行与内行》

（亦称《素人与黑人》）。同月，《行人》（大仓书店）出版。

4月20日至8月11日，在《朝日新闻》上连载《心》。

10月，《心》（岩波书店）出版。同月，因胃溃疡卧床一月左右。

1915年（大正四年） 49岁

1月13日至2月23日，在《朝日新闻》上连载《玻璃门内》。

3月底，前往京都。在西川一草亭、津田青枫等人的陪同下，游览京都各处，并因胃溃疡发作在此卧床。同月，同父异母的姐姐高田房去世。

4月，返回东京。同月，《玻璃门内》出版。

6月3日至9月10日，在《朝日新闻》上连载《道草》。

10月，《道草》（岩波书店）出版。

11月，与中村是公畅游汤河原。

1916年（大正五年） 50岁

1月1日至21日，在《朝日新闻》上连载《点头录》。

1月，疑似患上风湿，前往汤河原温泉疗养。

4月，经由真锅嘉一郎接受糖尿病诊断。

5月26日起，在《朝日新闻》上开始连载《明暗》。

由夏季至秋季，执笔小说的同时，频繁创作汉诗，再次开始练习书画。

11月22日，因胃溃疡再次卧床不起。同月27日，第一次大出血。

12月2日，第二次大出血。

12月9日下午6点50分，在家人、朋友、门下弟子们的守护中去世。10日，在大学病理学教室由长与又郎持刀进行遗体解剖。12日于青山殡仪馆举行葬礼，释宗演主持佛事，取法名"文献院古道漱石居士",于落合火葬场火化。14日,在《朝日新闻》上连载的《明暗》,因生前所撰写的手稿已断,成为一部永远无法完成的作品。12月28日,遗骨葬于杂司谷墓地。